Petra Reif

WaldMärchen

Ein märchenhaftes Jahreszeiten-Wald-Buch

Impressum

Bibliografische Information der Deutschen Nationalbibliothek:
Die Deutsche Nationalbibliothek verzeichnet diese Publikation in der
Deutschen Nationalbibliografie; detaillierte bibliografische Daten sind im
Internet über http://dnb.dnb.de abrufbar.

Herstellung und Verlag: BoD – Books on Demand, Norderstedt

ISBN: 978-3-7528-8656-6

MIX
Papier aus verantwortungsvollen Quellen
Paper from responsible sources
FSC® C105338

VORWORT

Mein Anliegen ist es, mit meinen Märchen die Menschen aufzufordern, ihre Liebe zur Natur wieder zu leben.

Damit meine ich die „Beziehung des Herzens" zur Natur, denn Bäume, Pflanzen und Tiere sind mit uns gleichwertige Lebenspartner auf dieser Erde.

Sie verdienen unsere Liebe und ungeteilte Aufmerksamkeit. Spürt unser Herz die Einheit mit der Natur, ist es allen ihren Lebewesen gegenüber offen. So passiert ein Geben und Nehmen , eine magische Gegenseitigkeit.

Und dann beginnen wir zuzuhören, Botschaften wahrzunehmen, ganz im Hier und Jetzt zu sein und uns auf unsere Einheit in der Natur einzulassen.

Das heißt, alle anerzogenen Vorstellungen von Natur als Umwelt fallen zu lassen. Es gibt keine Umwelt – es gibt nur eine Natur im „Wir".

Bäume, Pflanzen, Tiere, Steine, Elemente und kleines Volk spüren unsere Offenheit, wie sie auch unsere Verschlossenheit spüren.

Spüren sie unsere Offenheit, sind sie uns ganz zugewandt, geben sie uns die Energie, die wir geben, zurück.

Fange mit einem Baum, einer Pflanze an, nähere dich und öffne dein Herz. Trete offen in sein/ihr Energiefeld ein – die Aura von Baum/Pflanze und Mensch verbindet sich!
Dann fließen Energien ineinander. Es entsteht ein tiefes Verstehen auf beiden Seiten und damit auch ein Heilungsprozess für beide.

Die Märchen der Märchenfrau, die schon immer existiert hat, sollen diese Herzens-Annäherung beispielhaft deutlich machen, wie die Gleichnisse in der Bibel.

Es sind Märchen zum Hinein-Spüren und Kommunizieren auf allen Sinnes-Ebenen.

Unsere inneren Augen, Ohren und Stimmen sind gefragt.
Denn auch Baumgeister, Pflanzen-Devas und Feen, Elementargeister und Zwerge wie Riesen, ja sogar Steine, haben eine Lebensgeschichte wie wir.

Sie durchleben wie wir Nöte, Anstrengungen und Freude und laden dich hier in diesem Buch ein, in ihr Leben einzusteigen.

Petra Reif, Juli 2020

INHALTSVERZEICHNIS DER MÄRCHEN

Die Märchenfrau

Es wird erzählt von einer Märchenfrau, die in den Wäldern lebt. Es heißt sie war schon immer da!!

Ob Großeltern, Eltern und Kindern: in allen Zeiten war sie allen bekannt. Sie hatte schon immer ihre Märchen aus dem Walde erzählt. Botschaften von den Bäumen, Kräutern und Tieren.

Sie kannte alle lebenden Geschöpfe im Wald, jeden Baum, jedes Kraut, jedes Tier. Und sie kannte deren Erlebnisse, ihre Freude und ihre Trauer.

Und diese Geschichten, die sie erfuhr, flocht sie zu Märchen, die sie den Menschen draußen im Wald erzählte.

Die Menschen, die ihr aufmerksam zuhörten, entführte sie aus ihrem Alltag.

Der Wald wurde für sie so lebendig, dass sie glaubten, in all seinen Wundern spazieren gehen zu können.

Der Winterwald im Februar
mit dem Imbolc-Fest der Brigid

Die Märchenfrau

Und so wanderte die Märchenfrau durch die Jahreszeiten des Waldes und begegnete immer neuen Märchengestalten.
Anfang Februar war es noch sehr kalt im Wald.

Alle Waldbewohner waren aber trotzdem auf den Beinen, voller Hoffnung auf das wiederkehrende Licht, nach dem dunklen, kalten Winter.

Das war die Zeit des Jahres, in der die Märchenfrau ihre ersten Märchen erzählte.

Sie schritt durch den Schnee zu einer weit vom Weg entfernten Birke, die sie ehrfürchtig grüßte, denn sie hatte ihr eine Geschichte erzählt, die Menschen, Tieren , anderen Bäumen und Pflanzen im Wald Mut und Zuversicht bringen sollte.

Sie lehnte sich an den Stamm der Birke und betrachtete in Gedanken versunken ein klar sichtbares Rinden-Bild.

Da hörte sie wie laut lachend kleine und große Menschen sie entdeckt hatten und aufgeregt auf sie zukamen.

„Erzähl uns dein erstes Jahreszeiten-Märchen", sprach sie ein junger Mann an.

„Wir haben so darauf gewartet!" setzte er lächelnd fort.

Und immer größer wurde ihre dick eingemummelte Zuhörerschaft. Sie rieb sich die Hände und zog ihre wollenen Handschuhe an und sie streichelte dreimal die Rinde der Birke, erst dann begann sie zu erzählen:

Das Märchen von der Brigid-Birke

Jetzt war sie schon fast zehn Jahre alt und hatte gerade ihre schönen zarten Knospen bekommen.
Es juckte sie dann immer sehr, bis sie so richtig aufgesprungen waren.

In diesem Februar war es noch sehr kalt. Sie musste das Jucken wohl noch länger ertragen.

Am stärksten war es bei den Pollen-Schwänzchen. Sie rumorten in ihrem Inneren immer ganz heftig, gerade dann, wenn ihr Saft so stetig in ihr nach oben drängte.

Nach dem langen kalten Winter ohne viel Bewegung, in dem sie immer ganz ruhig vor sich hin döste, war es schon ein prickelndes Gefühl, wenn neues Leben in ihr hochstieg.

Sie schaute an ihrem schönen schwarz-weißen Stammkleid hinunter. Ja, es war wahr, sie strahlte – das mussten Sonnenstrahlen sein.

Sie glättete vorsichtig ihre weiße Rinde und schaute auf die schwarzen Stellen, die oft von einem Elf oder einer Fee benutzt wurden, um sich sichtbar zu machen.

Sie nannten es „Rinden-Bilder".... und als sie so schaute und ihre Schönheit genoss, ja, da sah sie es....

Es war ein Rinden-Bild , das sie nicht kannte. Sie räusperte sich und fragte mit noch heiserer Winter-Stimme: „Wer bist du? Wie kommst du dort hin ?"

Es war das zarte Rinden-Bild einer schmalen jungen Frau.

Sie trug ein langes Kleid und die Ärmel waren weit ausgestellt. In ihren Händen hielt sie etwas nach vorne, als wenn sie Samen dem Wind übergeben wollte. Sie holte weit aus und sie lächelte und schwebte.

Sie war so freundlich!

Und trug sie da auf dem Kopf nicht eine Krone?

Ihre kleinen Füßchen sahen nackt unter ihrem Rock hervor und schritten kräftig aus.

„ Da, schau, die Sonne , sie macht deine Rinde ganz glitzernd," surrte sie ganz leise.

„ Hast du etwas gesagt, zum Beispiel, wer du bist?", fragte die Birke neugierig.

„ Nein," wisperte sie.

„ Entschuldige, ich hab mich noch nicht vorgestellt. Ich bin in diesem Jahr neu auf deiner Rinde.

Ich heiße Brigid. Meine Aufgabe ist es, das Feuer des Frühlings zu wecken."

Die kleine Birke staunte: war das so eine mächtige Persönlichkeit, die sich bei ihr nieder gelassen hatte?

„ Noch bist du klein, meine liebste Birke, aber ich werde mit dir wachsen und jedes Jahr den Frühling mit dir einläuten. Es wird Zeit, dass deine schönen Kätzchen wieder baumeln und du mich mit gelbem Blütenstaub bewirfst!"

„ Wie bitte", sagte die Birke etwas verstimmt. Glaubte dieses Wesen in ihrer Rinde, dass sie das alles einfach so bestimmen konnte.

„ Sei nicht böse, ich bin nun mal zuständig für den Beginn des Jahreskreislaufs. Ich habe dich nicht vorher gefragt, aber ich fand dich so schön und du hast so fest geschlafen im Winter.

Dafür habe ich über dich gewacht, zum Beispiel bei dem letzten Sturm, als du dich fast zu Boden beugen musstest, habe ich deinen Stamm und deine Wurzel gehalten...."

Die kleine Birke wollte jetzt gar nicht mehr zuhören.

Diese kleine Person behauptete, sie könne sie halten!

Sie war immerhin schon fünf Meter hoch. Und außerdem wusste sie, dass sie im Birkenhain von ihren Verwandten und Eltern gehalten wurde, wenn es zu sehr stürmte. Das war alte Familien-Tradition.

Sie sagte aber davon nichts zu der kleinen Person. Sie war so zart, sie wollte sie doch lieber nicht beunruhigen.

„ Welches Feuer meinst du denn? Vor Feuer haben wir hier doch alle Angst!" fragte sie stattdessen.

„ Oh nein," kam es zurück. „Es ist kein Feuer, das dich von außen verbrennt, keine Angst! Es ist das innere Feuer. Du spürst es in deinem Saft, wenn er anfängt nach oben zu fließen."

Die Birke schüttelte ihre kribbeligen Äste. Es prickelte gewaltig, die Knospen wollten mit Macht heraus.

„Meinst du dieses Jucken und Pulsieren in meinen Ästen? Wenn das neue Grün erwacht!"

„ Ja, liebe Birke in jedem Lebewesen entsteht im Februar dieses lebendige Feuer, die Lebens-Flamme. Sie wird für den Frühling neu geweckt und muss gehegt und gepflegt werden, damit der Jahreskreis einen guten Anfang nimmt."

Brigid sah verträumt vor sich hin, streckte ihre Arme und Hände noch mehr nach vorne und lächelte.

„ Ach ja, also mein Name ist Brigid und ich bin eine Göttin. Früher haben mich auch die Menschen verehrt, haben Lieder und Gebete an mich gerichtet und meinen Segen erbeten.

Aber jetzt ist der Mensch ganz in seine selbst geschaffene Welt eingetaucht und ich bin vergessen. Doch ich gebe die Hoffnung nicht auf und zeige mich nun , mit deiner Erlaubnis, in deiner Rinde, damit besondere Menschen, die nahe an der Natur sind und mein Feuer jetzt auch wieder spüren, nach einem Besuch bei dir und mir, voll Lebendigkeit von hier nach Hause gehen und noch lange davon zehren, dass sie hier den nahenden Frühling erblicken konnten."

„Ach, die Menschen," seufzte die Birke, „die interessieren sich doch gar nicht für uns, die meisten kommen gar nicht in unseren Hain, weil sie auf den breiten Wegen bleiben, die sie für sich gemacht haben.

Sie fürchten, glaube ich, die Stacheln von Frau Brombeere.

Wenn mal einer kommt ist sie ganz garstig, hält ihn fest und stößt ihre Stacheln in sein Fleisch," angewidert hob die Birke ihre prickelnden Zweige vor sich.

„ Die anderen Birken sagen, dass die Brombeeren die Aufgabe haben, uns zu schützen, dafür versorgen wir sie unter der Erde und lassen sie frei wuchern!"

„Ja ja, schimpfe nicht auf die Brombeeren." sagte jetzt Brigid.

„Sie sind schon sehr hilfreich und nützlich.

Aber warte mal ab, irgendwann kommen Menschen, die die Natur verehren und nähern sich uns beiden mit Respekt und Ehrfurcht.
Sie wissen dann, welche Macht wir beiden zusammen haben und wenn es gut geht , schenken sie uns ein

Gebet oder Lied. Sie bitten dann um ihr Feuer, ihre Lebendigkeit und das wird uns sehr froh machen, denn wir können ihnen dies schenken. Ich mit meinem Segen und du mit deinen Blättern und Kätzchen."

Versonnen schaute Brigid zu den rankenden Brombeeren und streckte ihre segnenden Hände liebevoll nach ihnen aus.

Hatte Frau Brombeere da geklatscht und danke gemurmelt. Die kleine Birke beugte sich weiter herunter, um näher am Geschehen zu sein.

Aber jetzt erinnerte sie sich an die letzten Worte von Brigid.

„ Warum soll ich den Menschen meine Blätter und Kätzchen geben? Die anderen Birken sagen, die Kätzchen sind voll Samen und sollen mit Hilfe des Windes dafür sorgen, dass in der Erde neue Bäumchen entstehen."

Sie runzelte ziemlich stolz ihre Rinde, sie wusste viel mehr als diese Brigid.

„ Aber nein, du kannst gut welche abgeben", erwiderte diese.

„ Du hast so viele. Es ist deine Aufgabe, auch für die Menschen zu sorgen, ihnen Reinigung und Lebendigkeit zu bringen, so wie ich!

Wir sind verbunden und zusammen sehr stark, das sollen auch die Menschen fühlen, die uns respektvoll besuchen.

Ihnen kannst du ruhig etwas von deinen Knospen, Blättern, Kätzchen und sogar Rinde geben. Es hält sie gesund und sie werden dich verehren und immer wieder kommen.

Es sind nur wenige, die so sind, aber sie sind da!"

Dankbar streckte die zarte Brigid ihre Hände nun gen Himmel und blickte ganz verklärt.

Na dann wollen wir mal sehen, ob es wirklich solche Menschen gibt, die ihre Kätzchen haben wollten, um lebendig zu bleiben, die kleine Birke grinste.

Nach einem schlimmen Windstoß lagen mal ein paar Birkenfreunde von ihr am Boden, aber kein Mensch kam zur Hilfe. Als sie tot waren, wurde ihr Holz noch nicht mal abgeholt.

Wenn Zweige auf dem Weg lagen, traten die Menschen danach oder stießen sie zur Seite.

Nein, sie hatten ihre zarten Blättchen nicht verdient.

Brigid bemerkte die Verstimmung ihrer Birke und streichelte jetzt zärtlich ihre Rinde mit den Worten: „ Meine liebe Brigid-Birke, ich bin dir so dankbar, dass ich in deiner Rinde Platz finden konnte.

Lass uns mit freiem Mut in die Zukunft sehen. Sei mein Baum und du wirst sehen, dass es auf die Menschen wirkt, wenn wir zusammen sind.

Ich sehe es vor mir, wenn sie uns besuchen, werden sie deine Rinde streicheln, Kerzen anzünden und die Kerzen werden für uns beide leuchten und uns ein wenig Wärme aus der Menschenwelt bringen.

Glaub mir die Zeit wird kommen."

Also war sie nun die „Brigid-Birke", ob die anderen Birken im Hain es schon bemerkt hatten? Und alle Birken rundum raunten der kleinen Birke zu. „ Ja, wir haben es längst bemerkt und wir lieben unsere Brigid-Birke!"

So hatte der ganze Birkenhain alles mitbekommen?
Die kleine Birke schob sich ganz zusammen vor Scham.

„Aber du brauchst dich doch nicht zu schämen. Wir beide sorgen doch nur für Gutes. Das können doch alle wissen.

Es ist ein besonderes Glück , dass wir beiden uns gefunden haben und es bringt Hoffnung in den ganzen Hain."

Brigid lächelte und nickte der kleinen Birke zu.

„ Ja ," sagte jetzt eine besondere uralte Birke im Hain. „ Wir Alten kennen noch die Zeit, in der die Menschen zu uns gekommen sind. Sie sammelten im Frühjahr Blätter, Kätzchen, um sich von allem Schädlichen und krank machenden zu reinigen und wussten , dass wir das können. Sie waren respektvoll: manche haben bunte Bänder an unseren Zweigen befestigt, als Dank für unsere Hilfe.
Wir alle hoffen, liebe Brigid-Birke , dass du es schaffst, die Menschen wieder daran zu erinnern."
Ein starkes Rauschen war nun im Hain zu vernehmen, es klang wie überschwänglicher Beifall.

Von nun an erlebte die kleine Birke sehr schöne Zeiten. Regelmäßig zum Imbolc-Fest im Februar, besuchten sie Menschen, bewunderten ihr Rinden-Bild, zündeten Kerzen an und sangen Frühlingslieder.

Und im Frühling gab die kleine Birke gerne von ihren Knospen und Blättern und Kätzchen, weil sie wusste, dass sie damit die Menschen gesund erhalten konnte, damit sie im nächsten Jahr wieder zu ihr kommen könnten. Und so steht sie heute noch. Besuche sie doch mal!

Die Märchenfrau

So beendete die Märchenfrau ihre Erzählung und bemerkte, wie die Menschen, die ihr zugehört hatten, ganz nahe an das Brigid-Bild in der Birkenrinde herangekommen waren.

Sie streichelten die Rinde und wünschten der Birke und Brigid alles Gute und bedankten sich bei der Märchenfrau.

Ein paar Tropfen getauter Schnee fiel nun als Segen auf ihre Köpfe.

Langsam gingen die Menschen davon und das Feuer der Zuversicht ging mit ihnen.

Die Märchenfrau war zufrieden und dachte an die Frühlingszeit und die Geschichten, die ihr dann zukommen würden.

Der Frühlingswald im März
und die Frühjahrs-Tag-und-Nacht-Gleiche

Die Märchenfrau

Und bald nach dem kalten Winter war es endlich wieder Frühling geworden, und es gab sehr viel Grün auf der Waldwiese.

Ein ganz kleines Kraut mit keilförmigen Blättchen sprach die Märchenfrau besonders an, die Blättchen glänzten so stark in der ersten Frühlingssonne.

Ja, es war unverkennbar, das Licht war zurück gekehrt und hielt die Dunkelheit des Winters in Schach.

Ach ja, dachte sie, es ist der 21. März, die Frühlings - Tag - und Nacht- Gleiche.

Und sie erinnerte sich an eine Geschichte, die der Wald ihr im letzten Frühling erzählt hatte.
Es wurde Zeit, dass sie den Menschen dieses Märchen erzählte.
Sie setzte sich auf einen bemoosten Baumstumpf und wartete zuversichtlich auf ihre Zuhörerschaft, und siehe, die Menschen kamen nach und nach, immer mehr, bis sie schließlich mit ihrem Märchen begann:

Das Märchen von der müden Blumenelfe

Nein, sie wollte noch schlafen!!
Der Erdzwerg, der den Frühling mit seinem kleinen Horn lautstark verkündete, konnte nicht Recht haben.

Nein, aufstehen war gar nicht drin !!

Wenn die kleine Elfe blinzelte, war der Himmel bedeckt und die Sonne hatte keine Kraft.
Wenn sie das Fingerchen hob, pfiff der Wind so frostig kalt, dass sie erschrocken ihre Händchen schnell wieder in den Unterschlupf zog und an ihrem kalten Finger lutschen musste.

Das war doch kein Frühling!!!

Vorsichtig schob sie nun ihr Näschen aus dem Unterschlupf.
Ja, sie wusste es doch: es roch nach Reif und Frost.
Also hatte der kleine Erdzwerg sich wohl doch geirrt.
Komisch denn das kam sonst nicht vor.

Als sie noch einmal blinzelte, sah sie ihn, wie er dick verpackt durch die frostigen Wiesen ging und er kam direkt auf sie zu!!!

„Gelbe kleine Butter-Elfe, Frau Scharbock, Keil-Kraut-Elfe des Lichtes in der Dunkelheit, steh auf, es wird Frühling," sagte der Erdzwerg höflich und verbeugte sich.

„Pah", rief die kleine Elfe, „ dieses Mal hast du dich wohl vertan. Schau dich doch um. alles gefroren, alles noch tot."

„ Ja kleine Elfe, das stimmt, aber es ist trotzdem Zeit, die Menschen und Tiere brauchen deine Kraft."

Der Erdzwerg sprach freundlich und zugleich feierlich.

„ Du gehörst zu den ersten Frühlingsboten. Du bist der Muntermacher, wenn rings um dich noch alles schlafen will.
Menschen und Tiere sind müde, sie sind Frost und Schnee überdrüssig. Die Haut wird rau, die Knochen schmerzen... und du kannst helfen.
Schicke deine kleinen grünen Keile aus der Erde – auch wenn der Boden noch hart ist."

Die Elfe wusste, was er meinte und strengte sich an, die herzförmigen, saftig grünen Blätter, wie spitze Keile, trotz Frost aus dem Boden hervorzubringen.

Und sie schaffte es.
Stolz lächelte sie, als ihre Blätter sich glänzend wie mit Butter bestrichen öffneten.

Da sah sie auch schon Menschen kommen – große und kleine, alle dick eingemummelt.
Also hatte der Erdzwerg doch Recht.

Sie schaute sich nach ihm um und bemerkte, dass er schon wieder mit seinem Horn auf dem Weg zu anderen Kräutern war.
Sie hörte beim Horn-Klang die Brennnessel vor Müdigkeit stöhnen und das Labkraut laut meckern. Sie musste grinsen!!!

Nun aber bückten sich die kleinen Menschen und pflückten ihre saftigen Blättchen. Vorsichtig schoben sie sie in ein Leinen-Säckchen.
„ Wir müssen sie jetzt pflücken", sagte ein großer Mensch.
„ Wenn sie blühen können wir Menschen sie nicht mehr vertragen.
Aber für unsere Kräuterbutter sind die saftigen Blättchen gerade richtig.
Nehmt mal ein Blatt und reibt es zwischen den Fingern.
Da riecht der Frühling kräftig heraus und gibt uns wieder Hoffnung auf wärmere und hellere Zeiten."

Die Elfe war sehr zufrieden.

Gut dass es den Erdzwerg gab - sonst hätte sie noch ihre kostbarste Zeit verschlafen.

Nun freute sie sich um so mehr auf ihre kleine gelb-glänzende Blüte.

Bis Mai hatte sie Zeit zu blühen, dann verschwand ihr Kraut ganz und sie konnte sich ihren Brutknollen in der Erde widmen. Auch die waren gut für Mensch und Tier.

Man nannte sie auch Mäuse-Brot.

Die Menschen sagten auch „Papenklooten", aber was das hieß, wollte sie gar nicht wissen.

Der Erdzwerg hatte ihr nur einmal erzählt, dass ihre gekochten Knollen schon viele Menschen vor Krankheit und Hungersnot bewahrt hatten.

In letzter Zeit waren aber nur ganz wenige Menschen an ihrem Kraut und ihren Wurzeln interessiert.

Manche schauten ihre gelben Blüten an, aber nicht so wie die Bienen, die in Schwärmen kamen und sich für ihren Honig bedankten.

So fand sie es um so schöner, jetzt zu der blütenlosen Zeit schon Menschen zu sehen, die ihre heilenden Blätter sammelten. Sie gab all ihre Kraft hinein und beobachtete das emsige Pflücken zufrieden.

Ja, sagte sie versonnen vor sich hin, es kommen wieder andere Zeiten und die Menschen wissen wieder, wie wertvoll wir für sie sind!!!
Sie legte ihre Blättchen vorsichtig auf den Boden und ließ sich vom ersten warmen Sonnenstrahl bescheinen.

Die Märchenfrau

Die Märchenfrau streichelte ganz sanft die kleinen saftig grünen Keil-Blättchen zu ihren Füßen und die Menschen um sie herum, die ihr zugehört hatten, pflückten die kleinen grünen Blättchen und zerrieben sie zwischen den Fingern, um den Frühling zu riechen.

Sie dankten der Märchenfrau und versprachen, das wertvolle Scharbockskraut von nun an als gesunde Kost zu achten. Schnell füllten sich Tütchen und Beutel und jeder ging beschwingt nach Hause.

Das Frühlings - Grün im April
und das Ostara-Fest

Die Märchenfrau

Die Märchenfrau war nun öfter müde und legte sich ins April-Frühlings-Grün, um sich für einen Tag auszuruhen und weiteren Geschichten in der Natur zu lauschen.

Und die nächste bekam sie wirklich „zugeflüstert".

Bald schon entstand in ihrem Herzen ein neues Märchen für einen neuen „April-Erzähl-Tag".

Am nächsten Morgen schickte die helle Frühlings-sonne ihre Strahlen immer stärker auf die sprießende Erde. Und die Bäume schaukelten schon ihre neuen Blätter im Wind.

Da gelangte die Märchenfrau zu einem besonderen Baum, der viel mehr rauschte als alle anderen.
Seine silberne Rinde rief sie ganz laut.

Ach ja, sie erinnerte sich an die Geschichte, die ihr am Abend zugeflüstert worden war. Sie setzte sich vor ihm auf den Boden und lehnte sich an seinen Stamm.

Und wieder wartete sie bis sie ganz von Menschen umringt war, alle schauten neugierig zu dem großen Baum hoch und sie begann ihr zweites Frühlingsmärchen:

Das Märchen vom Zwerg in der Espe

Es war einmal ein Espen-Baum, der war über 20 Meter hoch. Den „langen Kerl" nannten ihn alle Wald-Bewohner, weil er so schnell wuchs.
Unser Espen-Baum war schon 60 Jahre alt und fühlte sich noch ganz jung und rüstig.

Denn er besaß etwas ganz Besonderes: das Besondere war ein kleiner Zwerg – ein richtiger Einzelgänger –

der ganz allein auf der Spitze der Espe lebte und wirkte.

Dass er „zu Hause" war, erkannten die Waldbewohner immer an den kleinen Fußstapfen auf der Rinde.

Wenn man sie aufmerksam verfolgte, dann wusste man auch, wo sich der Zwerg in der Espe gerade aufhielt.

Und man merkte es auch an etwas ganz ganz anderem: nämlich an dem Rascheln der Blätter – wenn ein Wind ging und die Baumkrone zerzauste, sprang der Espen-Zwerg von Espen-Zweig zu Espen-Zweig und kitzelte die Rinde.

Der Baum musste dann kichern und kichern, bis seine Blätter so raschelten, dass eine „ Melodie" zu hören war.

„Ah", sagten dann die anderen Waldbewohner, „ der Espen-Zwerg spielt wieder auf seinen Instrumenten."

„ Heute ist es das Lied des Jahreszeiten-Kreises" sagte das kleine Feen-Mädchen, das im nahegelegenen Holunderbusch lebte, und es wiegte sich im Takt der flüsternden Blätter.

„ Er empfängt Nachrichten vom Himmel", polterte nun ein dicker Waldkobold hervor und stellte sich wichtig vor seine Höhle.

" Ich habe mit ihm gesprochen, obwohl er ja nicht gerne spricht – er ist eben ein Eigenbrödler", polterte er weiter und rümpfte die Nase.

„ Ich finde es schön, dass er so still ist und nicht so laut im Wald herumschreit!" sagte jetzt das kleine Feen-Mädchen und schaute dabei den aufgeplusterten Waldkobold an.

„Er vermittelt eine Friedensbotschaft, zusammen mit dem sanften Flüstern der Espen-Blätter", sagte nun die Birke, die auf der linken Seite der Espe stand und schaute ehrfürchtig an dem „langen Kerl" hoch.

„ Ach es ist eine herrliche Musik", sagte nun der Blumen-Elf aus dem Springkraut.

„Ich komme ja aus Indien, bin aber ganz ganz gerne auch hier, seit ich die stille Musik der Espe höre.

Bei uns in Indien wäre dieser Baum den Menschen heilig, aber hier ist das nicht so.

Hier gehen die Menschen meist vorbei ohne auf das Flüstern zu hören."

„ Ja das stimmt, dabei würden sie so viel Gutes hören, denn die Musik des Espen-Zwerges kann ihnen Kraft geben, die Kraft der Stille und des Horchens," sagte jetzt das Feen-Mädchen mit einem kleinen Seufzer.

„Hört nur jetzt den leisen Gesang der Blätter, er handelt davon, keine Angst zu haben vor dem Unbekannten und Neuen. Streift eure alten Ängste und belastenden Gewohnheiten ab und widmet euch der Frische des Neuen, - oh wie schön liebe Espe, lieber Espen-Zwerg", damit sank das Feen-Mädchen ins Tau-benetzte Gras über der Wurzel des Baumes und schlief lächelnd ein.

Der Espen-Zwerg aber schaute zufrieden auf seine Waldmitbewohner und schmunzelte vor sich hin. Er war deshalb so zufrieden, weil seine Botschaft bei ihnen angekommen war.
Über die Menschen, die vorbeikamen machte er sich mehr Sorgen. Sie blickten so nervös und unstet vor sich hin.
Gerne würde er ihnen helfen.

Immer wenn sie vorbeikamen, ließ er sein Friedenslied etwas lauter raunen.
Aber nur ganz vereinzelte schauten auf, blieben stehen und horchten.

„ Ach, die Zeiten ändern sich," sagte jetzt der alte Espen-Geist.

Der Espen-Zwerg fuhr zusammen, denn es war schon Jahre her, dass der Baumgeist sich mal zu Wort meldete.
Dieser sprach unbeirrt weiter:
„ Ja mein kleiner Freund, bald wird dein unablässiges Werk belohnt und auch zu den Menschen kommen. Sie werden dich loben, dir zuhören und wieder zu uns Waldbewohnern finden.

Wisse deswegen, dass du ganz Großes leistest mein Kleiner und glaub mir, wir zusammen erleben es noch, dass wir — du und ich - mit der Aufmerksamkeit der Menschen belohnt werden, die wir verdienen."

Zum Schluss war die Stimme des Espen-Geistes schon ganz leise geworden, bis sie ganz verstummte.

Der Zwerg in der Espe saß ganz still auf seinem Ast, seine Bäckchen waren ganz rot geworden. Und er lächelte glücklich und zufrieden.

Ein bisschen übermütig küsste er alle Espen-Blätter in seiner Nähe, bis er müde wurde und ganz entspannt einschlief, um wieder fit zu sein für sein nächstes Konzert.

Die Märchenfrau

Die Märchenfrau schaute liebevoll hinauf zu den raschelnden Espen-Blättern und stimmte summend in die schöne Melodie ein.
Auch die Menschen horchten jetzt ganz andächtig und besonders die kleinen Menschen suchten überall nach dem Espen-Zwerg. Ob sie ihn gefunden haben??

Die Frühlings-Hochzeit im Mai
und das Beltane-Fest

Die Märchenfrau

Bald war der Jahresverlauf schon beim 1. Mai angekommen, für die Märchenfrau ein besonderer Festtag. Mit den Menschen, insbesondere den Menschenkindern zusammen, schmückte sie dann jedes Jahr eine Mai-Birke im Wald.
Es wurden Bänder geflochten, Waldfrüchte zusammen gesteckt, Holz-Plättchen bemalt.

Und es war immer dieselbe Birke, ein Birkenkind, das aus der Wurzel seiner Mutter heranwuchs.
Glücklich streckte sie dann das ganze Jahr ihre Äste mit den Frühlings-Geschenken in den Himmel.

Die Märchenfrau sang mit den Menschen Maien-Lieder und feierte so das alte Naturfest Beltane mit ihnen.
Und zum Abschluss gab es natürlich ein Märchen, dazu setzten sie sich in ein riesengroßes voll erblühtes Maiglöckchen-Feld und genossen den herrlichen Duft.

Ganz erfüllt davon begann die Märchenfrau zu erzählen:

Das Märchen vom Maiglöckchen

Unter einer Birken-Lichtung, unter Pilzen und Brennnesseln, bewegte sich in der Erde eine kleine knollige Wurzel stetig vorwärts.
Sie hatte ihre knotigen Wurzelenden so verschlungen, dass sie fast bei jedem Zentimeter ihres Vorwärtskommens stolperte.

„O je, der Boden ist so hart!" stöhnte sie. Sie musste kämpfen.

Aber in sich spürte sie ein unwiderstehliches Drängen nach oben. Sie bemerkte eine unerklärliche Wärme, je höher sie kam.

Um sie herum waren mehr von ihrer Sorte bei der Wurzelarbeit. Sie waren alle so intensiv mit ihrer Wurzel-Wanderung beschäftigt, dass sie sie gar nicht wahrnahmen.

Sie kannte keine von ihnen, sie war ganz neu und fühlte sich alleine.

Von ihrer Mutter war sie bereits weit entfernt. Sie hatte sie stets gedrängt:

„Los, du musst an die Oberfläche, beeile dich! An der Oberfläche läutest du mit deinen wunderschönen Glöckchen dann den Mai ein!"

Welche Glöckchen ihre Mutter meinte, war ihr, wenn sie auf ihre knollige Wurzel blickte, nicht klar.

Sie drückte sich in das Dunkel der Erde und blieb erschöpft liegen.

Niemals würde sie Glöckchen haben, und was war bitteschön der 'Mai' ? Sie wusste ja überhaupt nichts, warum sollte sie also weiter wandern?

Da sah sie oberhalb der Wurzelknolle neben sich etwas Merkwürdiges.
Sie sah einen hellen Schlitz in der Erde.
War das das Licht? Ihre Mutter hatte auch davon gesprochen.
„Wir Pflanzen streben alle zum Licht auf der Erdoberfläche!"

Sie hatte wohl zugehört, aber verstanden hatte sie damals nichts. Und ihre Mutter hatte auch vom Grün erzählt, das aus ihrer Wurzelknolle wachsen wird.

Der Schlitz wurde immer größer und sie sah, wie aus der Wurzel über ihr schon etwas herauswuchs in den Schlitz hinein. Das war bestimmt das Grün.

Jetzt versuchte sie mit aller Kraft weiterzuwandern, sie drängte sich jetzt richtig nach oben. Sie wollte auch so einen 'Licht-Schlitz" und was Grünes.

Jetzt hörte sie die Wurzeln über sich laut jubeln: „Endlich , wir sind im Licht, heraus aus der Dunkelheit der Erde!!!"

Und sie streckten ihre grünen Blatt-Paare aus dem Boden.
„Oh wie fühlen wir uns befreit, die Sonne ist so warm und sie lässt unsere Blätter wachsen", riefen die Wurzeln, die oben angekommen waren.

Nun wurde unsere kleine Wurzel ungeduldig.

Kräftig schlug sie nach oben aus und brachte wirklich ein winziges Löchlein zustande, durch das plötzlich Licht auf sie fiel.
Sie merkte wie etwas aus ihr heraus brach. Es war ein grünes Blattpaar wie bei den anderen Wurzeln und es strebte zum Licht.

Sie reckte das Blattpaar jetzt mit aller Kraft nach oben. Sie spürte bereits nach ein paar Sekunden eine wohlige Wärme auf den Blättern und das gleißende Licht fiel bis auf ihre obersten Wurzelknoten.

Oh, jetzt war sie auch an der Erdoberfläche. Sie holte tief Luft und sog Licht und Wärme in sich hinein.

Das war so schön!!

Sie sah sich um und entdeckte in ihrer Umgebung eine ganze Ansammlung grüner Paar-Blätter. Sie war wirklich nicht alleine.
Und da kam ihr wieder die Geschichte ihrer Mutter in den Sinn: sollte sie nicht Glöckchen haben und wo war der „Mai"?

Sie wandte sich an zwei grüne Blätter neben sich: „Hallo du, kannst du mir sagen, wie es weitergeht? Ich bin hier neu! Wo bekomme ich Glöckchen her und wo finde ich den „Mai"?"
Sie hörte ihren Blatt-Nachbarn kichern.

„Deine Glöckchen kommen schon von alleine, du Maiglöckchen. Ich bin nur ein einfacher Bärlauch. Aber du wirst sicherlich bald dein Hochzeitskleid tragen.
Und dein Duft! Im Gegensatz zu mir, ist dein Duft sehr angenehm und lieblich.

Ja und der Mai, nun das ist der Wonnemonat, die ganze Natur steht in voller Blüte und du läutest diese Blütenpracht mit deinen Glöckchen ein."

Ganz verwundert stand unsere begrünte Wurzel im Licht und wusste nicht, was sie sagen sollte.

„ Was ist los, du 'Erbsen-Lilie der Felder', möchtest du nicht endlich deine duftenden Glöckchen heraus strecken."

Was hatte der Bärlauch gesagt „Erbsen-Lilie"?
Sie schaute auf ihr grünes Blätterpaar und fand dass sie dem Bärlauch sehr ähnlich war.

„Was erzählst du da von Glöckchen, ich finde ich sehe genauso aus wie du!"
Der Bärlauch sah an sich herunter und spreizte seine Blätter.

„Ich rieche nach Knoblauch und die Menschen pflücken mich , um ihre Speisen zu würzen.
Aber dich pflücken sie, weil du so schön bist und so herrlich duftest. Warte mal ab, bald wirst du den Unterschied zwischen uns schon bemerken."

Das Maiglöckchen gab nun Ruhe und wartete geduldig auf seine Glöckchen, es sonnte sich derweil und ließ sein Blatt-Paar wachsen.

Ein paar Tage vergingen und auf einmal spürte unser Maiglöckchen zwischen seinen beiden Blättern ein Kribbeln und Pochen.
Langsam kam dort ein Stiel zum Vorschein, der oben immer dicker wurde.

Noch ein Tag und aus dem Stiel entwickelten sich weiß-grüne kleine Perlen.
Und noch einen Tag später sah sie es: es waren Glöckchen, die an dem Stiel herunterhingen und schaukelten.

Jetzt hatte unser Maiglöckchen den Mai eingeläutet.
Es war so stolz wie alle anderen Maiglöckchen um sie herum.

Ein leuchtend weißes Glocken-Feld war entstanden.

Nur der Bärlauch neben ihm, mit seinen Blättern, war immer noch nur grün.

Das Maiglöckchen beugte sich zu ihm hin und fragte: „ Hör mal, danke! Jetzt weiß ich, dass ich ein Maiglöckchen bin. Aber warum hast du mich denn vorhin 'Erbsen-Lilie' genannt?"

Der Bärlauch lachte laut und alle Maiglöckchen des Feldes schauten ihn an.
Er genoss die Aufmerksamkeit und begann eine lange Rede vor der so zahlreichen Zuhörerschaft:
„Ja, weißt du, jetzt bist du schön," wandte er sich an unser Maiglöckchen.
"Und du duftest, du erfreust die Herzen der Menschen und verstreust deine Seele mit deinem Duft. Aber wenn du verblüht bist, dann werden aus deinen hübschen Glöckchen grüne Erbsen."

Er kicherte dabei ein wenig.

"Diese werden dann nach ein paar Tagen giftig-rot und giftig sind sie auch, für Menschen und Tiere.
Ich meine das alles nicht böse!", sagte er schnell, denn er meinte, ein Murren in seiner Zuhörerschaft zu bemerken.

„Auch deine grünen Beeren stehen dir recht gut. Aber nun genieße erst einmal all deine schönen Glöckchen-Blüten.
Weißt du, in jeder deiner Blüten steckt eine Botschaft für den Wald und die Menschen."

Jetzt brüstete sich der Bärlauch theatralisch:
„Du sagst zum Beispiel den Menschen damit, dass sie, wie du, bescheiden, rein und demütig sein sollen und dankbar, dass sie hier auf der Erde leben dürfen!"

Ein Geraune ging durch die Maiglöckchen-Gruppe.
„ Sie sollen einander geben", fuhr der Bärlauch fort, „und Kompromisse schließen.
Dein Duft hilft ihnen dabei, damit sie diese Botschaft auch in die Tat umsetzen und beherzigen."

Und nun holte der Bärlauch tief Luft und fuhr fort:
"Dann bist du das Heil der Welt und der Welten-Seele. Deswegen läute Maiglöckchen, läute und sorge dafür, dass Schönheit und Liebe siegt!"

Betreten sah der Bärlauch jetzt auf und zog beschämt seine Blätter zusammen.

War das Applaus? Erstaunt sah er unser Maiglöckchen an und verbeugte sich dann vor ihm und seinen Geschwistern.

Denn das waren sie alle: Geschwister, die über die Wurzeln miteinander verbunden waren.

Und unser Maiglöckchen war fest entschlossen, es wollte mit ihnen allen zusammen Liebe aussenden und Glück einladen.
Das würde sich bestimmt sehr schön anfühlen. Es war seine Aufgabe!!!

Behutsam hielt es seine Glöckchen in den Wind und ließ sie schaukeln.

Und war da nicht ein leiser zarter Ton, der durch den Wald klang, nur mit dem Herzen hörbar?

Alle ihre Geschwister stimmten in den Chor ein, passend zu den Mai-Liedern , die die Menschen und die Vögel sangen. Der Mai war gekommen!

Die Märchenfrau

Die Märchenfrau strich noch einmal über die weißen Glöckchen und legte sich neben sie, um dem Klang zu lauschen und auszuruhen.

Die Menschen, die ihr zugehört hatten, pflückten sich Mai-Glöckchen-Sträußchen für zu Hause, denn sie waren in Hülle und Fülle da und ihre Wurzeln würden für immer neue sorgen.
Sie gingen fort durch den Wald und hörten den Glöckchen-Klang zum Mai noch sehr lange.

Der Sommerwald im Juni
und die Sommersonnenwende

Die Märchenfrau

Und der Jahreskreis drehte sich weiter. Bald kam die Zeit der Sommer-Sonnenwende und die Sonne strahlte heiß vom Himmel.

Die Märchenfrau feierte am 21.Juni das alte Litha-Fest – die Zeit des Überflusses und des Reichtums der Natur.
Sie nannte sie auch die Zeit des Honigmondes, denn die Bienen hatten jetzt ihre emsigste Zeit.

Die Märchenfrau begrüßte in dieser magischen Zwischenzeit die Sonnwend-Pflanzen: Beifuß, Gundermann und die Holunderblüten, die viel Sonnenkraft tanken konnten und somit einen besonderen Heilsaft entwickelten.

Und sie besuchte die Bäume, die zu dieser Zeit ihre sonnen-strahlende Aura zeigen.

Heute waren es die Eschen, vielmehr ein Eschen-Hain mit ganz vielen jungen Eschen, die eng nebeneinander gepflanzt worden waren, den sie aufsuchte.

Trotz der Enge waren alle Eschen guter Dinge und die Märchenfrau war gerne zu Besuch in diesem Hain.
Sie lehnte sich an eine besonders hoch gewachsene Esche und schaute nach den vielen Akteuren ihres Märchens.
Sie wollte schon , dass sie alle dabei waren, wenn sie es erzählte.
Und wieder kamen im Wald, am Eschen-Hain, Menschen zusammen, die ihr zuhören wollten und sie begann ihr Märchen:

Das Märchen von der stolzen Esche

Es war einmal eine stolze Esche. Ihr genügte es nicht höher gewachsen zu sein als alle Bäume.
Nein, sie bildete ihren mächtigen Baumwuchs mit Hilfe eines Moos-Bildes gut sichtbar für alle Vorübergehenden in ihrer Rinde ab.

Zwar war die Moos-Abbildung mehr eine Wunschvorstellung, denn so schön belaubt und prächtig, wie im Moos abgebildet, das wäre sie wohl gerne !!

Denn, wenn sie sich in einer Regenpfütze betrachtete, musste sie doch zugeben, dass sie wesentlich hagerer und eher länglich war in der Krone, also nicht so schön buschig wie ihr Moos-Bild auf dem Stamm..... aber was wussten schon Regenpfützen?

„Pah!" machte sie und ließ eines ihrer Fächerblätter in das Regenwasser platschen. So jetzt konnte sich keiner mehr betrachten.

Auch die eitle Eiche von gegenüber nicht. Sie bauschte immer so auffällig ihre Blätter, wenn sie zu ihr hinüber sah.
„Ach bin ich schön!" schien sie sagen zu wollen.

Jetzt musste der Eschen-Elf, der auch im Eschen-Hain lebte, aber grinsen, denn natürlich konnte er die Gedanken unserer stolzen Esche lesen!

Wenig überrascht davon, wartete unsere stolze Esche auf seinen Kommentar. Er konnte vernichtend sein.

Aber er hielt merkwürdigerweise den Mund und grinste weiter breit.
In seiner Nähe meldete sich nun eine kleine Eschen-Fee.

Ihre schönen Augen waren fest auf den Elf gerichtet.

O je, der Elf konnte ja rot werden! Unsere stolze Esche freute sich sehr, das zu sehen.

„Du wirst schon nicht übersehen!" waren die Worte der Eschen-Fee und unsere stolze Esche erschrak, als sie merkte, dass diese Worte an sie selbst gerichtet waren.

Nun ja, dachte sie, nun war also mal die Zeit sich ordentlich zu beschweren.

" Aber immer wieder werden wir übersehen, wir Eschen," ergänzte sie schnell. „ Die Menschen sehen an uns keine Blüten, keine Farben . Wir sind grau und nicht grün und diese langen Stämme", unsere stolze Esche verdrehte dabei die Augen.

„Bis sich mal ein grünes Blättchen sehen lässt, sind wir schon kahl bis in den Himmel gewachsen. Warum soll man uns denn ansehen, etwa wegen der dicken schwarzen klebrigen Knospen, die manche von uns tragen.

Zum Glück bin ich noch zu jung für so was!
Meine Knöspchen sind noch zart und klein."

Bei diesem Satz beugte sich die stolze Esche etwas nach vorne und schüttelte ihr bewegliches Blätterdach ganz oben im glänzenden Sonnenlicht.

Ja, sie war schön – wenn auch nur ganz oben.
Alle die fliegen konnten, wussten wie schön sie war, wenn sie ihre Blätter im Licht spreizte und gegeneinander drehte.

„Na schau sich das einer an", brummte der Eschen-Elf.

"Sie gebärdet sich als stünde sie alleine auf einer Ritterburg, dabei stehen die Eschen hier doch wie Haare auf dem Hund.
Wenn es windig ist, klatschen die kahlen Stämme unwillkürlich aneinander.

Das Geklacker hört man im ganzen Wald .
Wusstet ihr, man nennt sie heimlich die Trommel-Truppe des Waldes.
Das macht alle Eschen hier im Hain einzigartig du stolzes Eschen-Fräulein.
Es ist nicht nur dein hoher Blätterschopf – den haben die anderen Eschen ja schließlich auch alle."

Beleidigt verzog er seinen sonst so lachenden Mund. Schüchtern schaute er zur Eschen-Fee hinüber, die lächelte und nickte.

„ Ja,ja, das Eschen-Fräulein sollte mal allein an einer Ritterburg stehen. Ihr dünnes Stämmchen wäre dann bestimmt schon im Wind abgeknickt."

Die Fee machte mit einigen Ästen ein Knick-Geräusch, bei dem unsere stolze Esche eine ganz raue Rinde bekam.

Noch antwortete die stolze Esche nicht, sie bog und drehte immer noch ihre Fiederblättchen, um von allen Seiten Sonnen-Licht einzufangen.

„Was wisst ihr alle schon über die Bedeutung des Eschen-Baums" , mischte sich nun der Herrscher des Eschen-Hains ein.

Er war nur klein auf der Rinden-Haut einer Esche im Hain zu sehen, aber seine grüne Krone, die er stolz nach oben richtete, war schon gewaltig.

„ Ich verwalte dieses Edellaubholz des Waldes - wie sagen die Menschen so schön – kaufe keinen Spaten ohne Eschen-Stiel.

Und jeder Kämpfer schwor früher auf die elastischen Eschen-Bögen und die Eschen-Speere, so hart und treffsicher."

Der Herrscher des Eschen-Hains stellte sich breitbeinig in seine Rinde und zitierte:

„Rasch ihm folgte sein Volk mit rückwärts fliegendem Haupthaar,

Schwinger des Speeres,

und begierig mit ausgestreckter Esche

krachend des Panzers Erz

an feindlicher Brust zu zerschmettern."

Er räusperte sich kurz und fuhr fort:

„Das hab ich von einem Menschen, der das hier im Eschen-Hain mal aufgesagt hat. Es ist aus Homers „Ilias", oder so!"

Der Herrscher des Eschen-Hains verneigte sich bedeutungsvoll und die umstehenden Eschen klackerten verhalten Beifall.

„Ihr Eschen gehört zu den Ölbäumen", fuhr er weise fort, „euer Laub gibt dem Vieh Winterfutter.

Wenn die Menschen daraus Tee kochen, so hilft das gegen Gicht und Rheuma. Der Rinden-Tee bekämpft ihr Fieber und heilt Wunden, wenn man ihn auftupft."

Nun wandte er sich besonders an die jüngeren umstehenden Eschen des Haines, von denen eine unsere stolze Esche war.
„ Ihr allerdings müsst noch tüchtig wachsen, damit ihr das alles bieten könnt."

Dabei rümpfte der Herr des Eschen-Hains leicht die Nase.
Man hatte ihm schon einen Eschen-Hain mit viel zu vielen jungen, ja mickrigen Eschen anvertraut.

Aber er würde schon noch werden, sein Hain und dann würde er im Wald berühmt werden.

Nun aber döste er lieber noch vor sich hin, dort in seinem Eschen-Stamm und harrte auf bessere Zeiten. Das konnte wohl noch lange auf sich warten lassen.

Da kam ihm eine alte Geschichte in den Sinn und er wusste auch wer sie am besten erzählen konnte!

„Hallo, kleiner Eschen-Geist," rief er nun zu einem Baum im hinteren Hain hin.

„Komm doch heraus und erzähle uns noch einmal die Geschichte vom Weltenbaum, ich habe sie so lange nicht mehr gehört."

Ganz langsam wurde der kleine Eschen-Geist in seiner Esche sichtbar.

Er streckte klein und schüchtern die Nase aus seiner Rinde: Wer hat mich gerufen?" fragte er unsicher und rieb sich die Augen.

„Ich der Herr dieses Eschen-Hains," donnerte es zurück und der Herr des Eschen-Hains ließ dabei seine große Krone hell aufleuchten.
 Alle Umstehenden schreckten zurück und zogen sich aus Angst ganz in ihre Rinde hinein.

Nur der kleine Eschen-Geist lachte laut.

„Ach du, was stellst du dich so an. Schon wieder willst du die Geschichte hören. Ich sage es dir gerne immer wieder, du bist nicht die Hauptfigur darin!", er runzelte die Stirn und schaute den Herrscher des Eschen-Hains strafend an.

Dieser sank plötzlich ganz in sich zusammen und bat kleinlaut und höflich:
"Bitte erzähle sie doch trotzdem noch einmal. Ich höre sie doch so gerne."

Der kleine Eschen-Geist nickte und als alle die Ohren spitzten, fing er an:

„ Eine nordische Sage erzählt von einer Weltenesche, sie bildet eine lebenslange Säule und hat drei Wurzeln!"

Unsere stolze Esche schaute an sich hinunter, wie viele Wurzeln hatte sie wohl, sie spürte nur eine!!! Schnell war sie wieder bei der Sache.

„Die Wurzeln der Weltenesche sind so groß, dass sie drei Welten durchdringen und gleichzeitig verbinden," fuhr der kleine Eschen-Geist fort.

„Eine Wurzel führt in die Unterwelt, die zweite führt in die Götterstadt und die dritte in das Riesenland."

Langsam liefen unserer stolzen Esche Schauer über den Rücken.

Zum Glück hatte sie bestimmt nur eine Wurzel, dachte sie, als der Eschen-Geist schon fortfuhr:

„ Drei Schicksalsgöttinnen, die Nornen, wachen an einem Urd-Brunnen unten an der Weltenesche und bewässern regelmäßig die Wurzeln. Man sagt sie bestimmen das Schicksal der Menschen damit."

Alle waren ganz in Gedanken versunken, als der Eschen-Geist immer weiter sprach.

„ Über eine Regenbogen-Brücke kommen die Götter jeden Tag zur Weltenesche und halten in ihrem Schatten Gericht."

Nun trat eine lange Stille ein im Eschen-Hain.

Andächtig dachten alle Eschen an ihre Abstammung von der Weltenesche, die schon seit Urzeiten in ihnen war und über sie wachte.

Auch unsere stolze Esche fühlte sich nun ganz verbunden mit allen Eschen im Hain.

Und wie bestellt, kam ein Wind und sie begannen zu trommeln.
Ja, dachte der ganze Wald, unsere Trommeltruppe begrüßt den Sommer!

Die Märchenfrau

In Gedanken an die Weltenesche und ihre Geschichte, latschten die Märchenfrau und ihre Zuhörer im Rhythmus der Trommeln.
Wie passte das gut zu dieser lebendigen Sonnenzeit!
Alle schauten zu den hohen Eschen und ihren Fächerblättern hoch, die sich gegenseitig kühle Luft zufächelten.

Als ihre Zuhörerschaft gegangen war, setzte sich die Märchenfrau zur Esche des kleinen Eschengeistes, lehnte sich an und genoss die erste warme Sommernacht.

Der blühende Sommer im Juli
und die Feen und Elfen

Die Märchenfrau

Die Sommertage wurden immer heißer und die Märchenfrau liebte diese Tage der Lebensfreude und der Feen-Tänze ganz besonders.

Und zu dieser Jahreszeit blühte ein Kraut, das ihr sehr am Herzen lag. Aber es wurde von vielen Menschen gehasst.

„Es ist wie die Pest!" schrie eine Spaziergängerin in den Wald. „Es muss ausgerottet werden," sprachen die Förster.

Aber zu der Märchenfrau sprach diese wunderbare Pflanze, von ihrer Heimat Indien, von den schönen Palästen, die sie in ihren Blüten auch in unsere Waldwelt bringen wollte.

Die Märchenfrau konnte nicht genug bekommen von den hübschen zarten Blütenköpfchen, die ausschauten wie kleine Feen-Kinder und in allen pink und rosa Tönen strahlten.

„ Es kommt nicht von hier, es ist fremd," klang die Menschen-Stimme in ihren Ohren.

Und da der Märchenfrau dieses wunderbare Gewächs leid tat, war es das Märchen von der Springkraut-Fee, das sie immer wieder erzählte, um das Herz der Menschen für dieses zarte Wesen zu erwärmen.

Und auch an jenem Nachmittag setzte sie sich in ein wogendes Springkraut-Feld und die Menschen kamen auch dieses Mal um ihr zuzuhören.

Sie atmete mit ihnen den Duft der Springkräuter tief ein und die Menschen, die das Geheimnis des Namens schon kannten, ließen die ersten Samenkapseln springen und aßen die leckeren nussigen Samenkerne als Snacks, als die Märchenfrau zu erzählen begann:

Das Märchen von der Springkraut-Fee

„ O je, bist du klein und zart", sagte der Zwerg in der Hecke.
Er sah sich die kleine zarte Fee genau an. Sie trug ein schönes rosa Kleid mit weitem Rock und eine ebenso

schöne rosa Kappe auf dem Kopf. Ihr Gesichtchen war strahlend schön.

Sofort verliebte sich der Zwerg – obwohl es Zwergen eigentlich verboten war, sich in Feen zu verlieben.

Zwerge mussten arbeiten, arbeiten…, da war nicht daran zu denken, sich mit Feen die Zeit zu vertreiben.
Feen zauberten nur den ganzen Tag oder lagen in der Sonne.
Zwerge waren fleißig, rasten von einer Arbeit zur anderen und hatten für solche Spielereien keine Zeit.
Und doch merkte er, dass er ganz puterrote Bäckchen bekam und es wurde ihm ganz warm, ja heiß ums Herz.
Mit klopfendem Herzen versteckte er sich noch tiefer in seiner Hecke und schaute der Fee zu.

Die kleine rosa Fee schaute lächelnd vor sich hin.
„Wie liebevoll sie lächelt", dachte der kleine Zwerg.

Nun setzte sie sich ans Seeufer und entblößte ihr kleines Feen-Füßchen.
Langsam senkte sie es in das Wasser und schien ganz konzentriert zu sein.

Sie schloss ihre Augen und streckte ihre kleinen Händchen über das Wasser.

Dann schaute sie bittend hinauf zur Sonne, die an diesem Tag ganz strahlend am blauen Himmel stand.

Der kleine Zwerg wurde neugierig. langsam schlich er sich, immer noch im Schutz der Hecke, näher heran.

Die kleine Fee fuhr zusammen, als ob er sie erschreckt hätte. Aber sie hatte ihn nicht gesehen.

Es war ein großer Schwan, den sie bemerkt hatte und der jetzt immer näher auf sie zu schwamm.

Die Fee lächelte ihm entgegen. Langsam nahm sie ihren kleinen Fuß aus dem Wasser.

„Komm her schöner Freund", rief sie dem Schwan zu. „ Wirbele das Wasser, damit mein Balsam wirken kann!"

„ Was meint sie mit Balsam", dachte der kleine Zwerg und streckte dabei seinen Kopf etwas zu weit aus der Hecke.

„ Ha, du kleiner Spion, was willst du hier?", es war die tiefe Stimme des Schwans, die ihn zusammenzucken ließ.
Der Schwan zog die Stirn in Falten und wies mit seinem zuckenden Schwanz auf den Wicht.
Und nun hatte ihn auch die kleine Fee gesehen. Wie peinlich, jetzt nutzte sein Versteck nicht mehr.

Ganz langsam kam er hervor und seufzte tief.
Leise stöhnte er: „ Ich bin kein Spion!" –

„Aha", erwiderte der Schwan, „du benimmst dich aber wie einer. Was machst du hier?"

Der Schwan war jetzt an das Ufer geschwommen und stand groß und drohend vor ihm.
Der Zwerg zitterte so, dass ihm die Zähnchen aufeinander schlugen. Er brachte kein Wort heraus.

Jetzt griff die kleine Fee ein. Sie ging auf den kleinen Wicht zu und nahm ihn einfach in den Arm.

Das sorgte dafür dass der kleine Kerl noch mehr zitterte.
„ Hier", sagte die kleine Fee, „ nimm etwas von meinem Balsam!"
Und sie träufelte ihm ein paar wohlschmeckende Tropfen in sein Mündchen.
Bald konnte er wieder atmen und sprechen.

„ Was ist das? Das tut gut!" Er sah die kleine Fee an und seine Bäckchen glühten.

„ Mein Balsam wird „Impatiens" genannt, das heißt 'Geduld', er bringt dir Gelassenheit und Ruhe." –

„Oh", stöhnte der Zwerg, „Ruhe kann ich gar nicht gebrauchen. Ich hab noch so viel zu tun. Eigentlich muss ich schon längst wieder...."

„ Doch, doch...", die kleine Fee hatte ihn am Arm gefasst und träufelte nun noch ihren Balsam auf seine Stirn, seine Armbeugen und..... unter das Mützchen....

„ Nein", schrie jetzt der kleine Kerl," nicht unter das Mützchen, das kann ich gar nicht haben. Du machst mich ganz nervös!
Wann wirkt denn endlich dein Balsam??"

„ Nun siehst du", entgegnete die Fee," es braucht eben manchmal etwas Zeit, damit etwas Gutes bewirkt wird.
Wenn du jetzt wieder davon läufst und meinst ganz viel erledigen zu müssen, wirkt mein Balsam gar nicht."

„ Das nennt man Mr. Ungeduld in Person!" schnauzte der Schwan und drehte ihm sein Hinterteil zu.

Der Zwerg leckte etwas Balsam von seinen Händen, die er vor Schreck unter sein Mützchen gehalten hatte. Er schmeckte sehr gut und fruchtig.
Langsam hörte er auf zu zittern und setzte sich zu der kleinen Fee ins Gras.

Sein Drang zur Schnelligkeit und Geschwindigkeit verließ ihn.
Er gähnte und entspannte sich so ganz nah bei der kleinen Fee.
Sie streichelte sacht sein Haar, denn das Mützchen war im herunter gefallen, und sie sagte:
„ Siehst du es geht auch langsam. Dann bist du nachher bei all deinem Tagwerk viel aufmerksamer. Lass dir Zeit, schau nach innen und dann tue das, was wichtig und richtig für dich ist zur gegebenen Zeit.
Mein Balsam ist der Springkraut-Balsam, im See ist nun auch meine Essenz.
Der Schwan hat mir dabei geholfen. So können nun alle Lebewesen, die dort trinken und schwimmen, die Ungeduld vergessen lernen. So wie du!"

Glücklich lächelnd lag der kleine Zwerg in den Armen der Fee und war......
..........eingeschlafen!

Die Märchenfrau

Die Märchenfrau sah wie die Menschen um sie herum entspannt gähnten.
Bienen summten um die Springkraut-Blüten und die Hummeln kletterten in den Blütenpalast hinein, bis man nur noch ihr Hinterteil sah.
Wie recht die Engländer hatten, das Springkraut „ bee-bumms" zu nennen.

Sie musste lächeln und nickte den Menschen zu, die langsam ihren Weg zurück in den tiefen Wald fanden.

Nun war sie wieder allein, aber zufrieden, denn das schöne Springkraut wurde jetzt sicher, zumindest von einigen Menschen, besser geachtet und beachtet.

Das war ihr Ziel und dafür hatte sich ihr Märchen-Erzählen gelohnt!!!

Der feurige Monat August
und das Lughnasad-Fest

Die Märchenfrau

Es kam der August und die Märchenfrau war ganz dankbar für den kühlen Schatten der Bäume. Dort feierte sei mit allen Naturgeistern des Waldes das Feuer-Fest des alten Gottes Lugh , genannt: „ Lughnasad".

Lugh schoss auch in diesem Jahr seine heißen Pfeile durch die Luft, dass es zischte. Und wenn er es ganz toll trieb, ließ er seine Blitze niederschmettern, begleitet von Thors Donner und Sturm.

Die Märchenfrau erklärte den Menschen oft, dass dieser grimmige keltische Gott nicht zerstörte, sondern den Boden vorbereitet für eine gute Ernte, zum Wohle der Menschen.

Und dann kamen die Menschen in den Schatten zur Märchenfrau, um Lugh zu feiern mit Tänzen und Liedern.

Es war der Schatten eines ganz besonderen Baumes, den sie dann gemeinsam suchten. Die Märchenfrau nannte ihn den tanzenden Baum, den er wuchs in den eigenwilligsten Formen, kreativ sich in alle Richtungen drehend.

Und so bildet die Hainbuche, wie sie genannt wurde – wohl wegen ihrer buchen-ähnlichen Blätter – schattige Durchgänge und Alleen im Wald, die eine besondere Ausstrahlung haben.
Hier nun präsentierte die Märchenfrau die Geschichte von den „Hainbuchen-Träumen".

Das Märchen von den Hainbuchen-Träumen

Oft lag er unter dem mächtigen Baum und schlief oder lebte in den Tag hinein. Einen Grashalm im Mund, die Mundharmonika in der Hand, jederzeit zum Spielen bereit.

Er schaute in die mächtige Blätterkrone, die sich schützend über ihn beugte. er sah auch das runde Gesicht immer wieder gerne an, das ihm aus der Rinde her zulächelte. Er versprach seiner „Hainbuchen-Fee", so nannte er sie, bald ein Liebesgedicht zu schreiben.

Die Fee war sehr schüchtern, kaum traute sie sich aus der Rinde ihres Baumes herauszuschauen.

Sie hatte schon öfter Besuch, aber niemand war so oft und so lange da wie der junge Mann. Er hat so schöne Augen, schwärmte sie vor sich hin: sie hatte sich verliebt.

Mit bangem Herzen wurde sie sich bewusst, dass sie in einen Menschen verliebt war.

Es gab so viele grausige Geschichten, die die dicken Buchen erzählten. Sie handelten von schrecklich endenden Beziehungen zwischen Feen und Menschen, jedes Mal bekam sie eine Gänsehaut, wenn sie zuhörte.

Besonders raubten ihr die Geschichten, an deren Ende der Baum der Fee unter Liebes-Stöhnen gefällt wurde, die Zuversicht. Er fiel dann dem Geliebten der Baumfee zu Füßen und der hatte nichts Besseres zu tun, als zu fliehen und sich einen neuen Baumpartner zu suchen.

Aber es gab auch Geschichten von liebestollen Baumfeen, die ihren Baum so tief zum Geliebten hinunterbogen, dass sie ihn nicht mehr halten konnten, als er vorn über fiel und den Geliebten erschlug. Da half der Fee dann kein Wehklagen und keine Träne....

Aber die trüben Gedanken der Hainbuchen-Fee wurden jetzt unterbrochen, denn der junge Mann, an sie gelehnt, begann sein Instrument zu spielen - so schöne Melodien, melancholisch und verliebt – , dass die Baumfee dahinschmolz.

Sie lebte in einer stattlichen, dicken Hainbuche und ihre Äste wuchsen grazil in alle Himmelsrichtungen, sie wanden sich ganz und gar locker und eigenwillig.

Die Fee fühlte sich in Sicherheit und genoss ihre Liebe.

Im Frühling gab sie sich ganz ihren Gefühlen hin und umspielte den Jüngling mit ihren zarten jungen Hainbuchen-Blättern. Er schaute dann so liebevoll in ihr Grün und spielte Lieder über Lieder für sie.

In solch einer Stimmung sagte er einmal zu ihr und legte dabei weich die Hände auf die Rinde ihrer Hainbuche: „ Ich schreibe dir ein Gedicht liebe Fee, denn ich liebe dich und deinen Hainbuchen-Baum so sehr, ich möchte das auf ewig besiegeln!"

Und er tanzte voller Übermut um ihren Stamm herum. Ihr wurde ganz schwindelig. Hatte er das wirklich gesagt? Sie ließ die Baumblätter rauschen und wehte sie mit dem Wind zärtlich über seinen Kopf und streifte mit ihnen einmal, nur ganz kurz, seine Lippen.

Der junge Mann juchzte und schritt immer schneller um sie und ihren Baum herum, bis er sich erschöpft in ihren Baumschatten fallen ließ und ihren Baumstamm streichelte und küsste.

„ Ach könnte ich dich doch in den Arm nehmen wie ein Menschenkind," stöhnte er voll Wonne.

Die Hainbuchen-Fee entschloss sich eines Tages mit dem Herrn des Waldes Kontakt aufzunehmen.

Das ging durch ihr Wurzelgeflecht.

„Ich brauche Eure Hilfe," leitete sie weiter, „ ich bin verliebt in einen Menschen!"

Lange erhielt sie keine Antwort und dachte schon der Herr des Waldes sei ihr böse, weil sie ihn so forsch angesprochen hatte.
Aber dann bemerkte sie ein leises Zupfen an ihrer Wurzel.
Es war ein kleines Herz, das dabei in ihrer Rinde entstand.
Sie sah es glücklich an und versuchte den jungen Mann darauf aufmerksam zu machen, aber er schlief schon wieder, an ihren Stamm gelehnt und auch sie

zog sich jetzt zurück und versank in Träumen, immer an das schöne Herz in der Rinde denkend.

Der junge Mann träumte auch: er sah seine Arme als Zweige, die sich in alle Richtungen ausbreiteten.

Sie schlangen sich fest ineinander, bildeten Höhlen und Durchblicke, seine Füße bekamen moosige Mäntel. ganz weich und saftig.

Sein Körper wurde zum weißen Stamm mit vielen Höhlen und Nischen.

Er reckte seinen Stamm in den Himmel, drehte ihn behäbig im Tanz und verging ganz in der windigen Luft, die seine Blätter rauschen und säuseln ließ.

Jeder Windstoß versetzte ihm einen Klaps und anfangs hatte er Angst umzufallen.

Aber mit der Zeit fühlte er starke Wurzeln und seine Angst verging. Er stand da am Wegesrand in seiner ganzen Lebenskraft.

Derweil träumte die Hainbuchen-Fee, sie sei eine Menschenfrau und bekam ganz kleine hübsche Füßchen, auf denen tänzelte sie durch den Wald.

Sie ließ ihre grünen Haare im Wind flattern und spielte schöne Lieder auf dem Instrument, das der junge Mann mitgebracht hatte.

Sie suchte ihn, aber er war nicht da!

Im Grunde genommen war sie ja auch nicht da!

Sie war nicht mehr zu Hause in ihrer Hainbuche! Sie war weg! Kein Gesicht mehr in ihrer Hainbuche!

Sie überkam eine große Angst und Unsicherheit.

Sie drehte sich suchend um und plötzlich hörte sie ein Rufen, wie sie es aus ihrem Hainbuchen-Dasein kannte.

Es kam über ihre Füße. Die Wurzeln, dachte sie. Und das Rufen wurde flehentlicher. Da sah sie eine stattliche Hainbuche am Wegesrand stehen.

War sie schon immer da, warum war sie ihr noch nie aufgefallen? Langsam ging sie auf diese Hainbuche zu, ja der Ruf kam von dort.

Und da traute sie ihren Augen nicht, sie sah ganz deutlich das Gesicht des jungen Mannes in der Rinde.

Er lächelte sie an. Sie wurde ganz zittrig und lief auf ihren kleinen Füßchen zu ihm hin.

„ Ei siehst du schön aus!" kam es anerkennend aus der Rinde. Schüchtern schaute sie an sich hinab.

Sie war klein und schlank. Sie trug ein weißes Kleid mit vielen dunklen Streifen wie die Birke und ihre Augen strahlten braun wie Haselnüsse.

Sie drehte sich im Kreis und sah den jungen Mann in der Rinde verliebt an.

Auch der junge Mann in der Hainbuche konnte die Augen nicht von ihr lassen.

Lange lehnte sie an seinem Stamm und ließ sich von seinen Blättern liebkosen.

„ Hör einmal," sagte der junge Mann in der Hainbuche, „ ich habe eine Idee!"

Sie horchte auf und sah fest in das schöne Gesicht.

„ Lass uns beide hierbleiben und Hainbuchen sein. Und immer wenn wir wollen, kommen wir heraus und vereinen uns als Menschen."

Und so taten sie es und wurden zusammen alt.

Sie tanzten und liebten sich voller Leidenschaft als Menschen.

Wenn sie in ihre Bäume zurückgingen, genossen sie die Ruhe und Beständigkeit ihres Stammes und ihrer Wurzeln, ließen ihre Blätter rauschen und liebkosten mit dem Wind.

Auch hier und heute sieht man solche Hainbuchen, die sich küssen, umarmen, aneinander lehnen und mit ihren Ästen tanzen und wirbeln.

Denkt daran, wenn ihr das nächste Mal Hainbuchen seht.

Spürt in ihren Stamm und fühlt die tiefe Liebe, die sie füreinander hegen.

Ein Gedicht aber hat der junge Mann seiner Hainbuchen-Fee bis heute nicht geschrieben, dann hätte er ja auch aus seinem Traum aufwachen müssen!!

Die Märchenfrau

Die lauwarme Sommernacht machte die Märchenfrau und ihre Zuhörerschaft schläfrig.

Alle entschlossen sich die Nacht unter dem Sternenhimmel zu verbringen, ganz nah bei den Hainbuchen und ihren Träumen.

Und sie träumten alle ihren ganz eigenen Sommernachtstraum.

Der feuchte September-Wald

und die Herbst-Tag-und-Nacht-Gleiche

Die Märchenfrau

Es dämmerte schon früh an diesem September-Abend und die Märchenfrau zog es zu einer großen Pappel am Wegrand.
Sie setzte sich ins weiche Moos zu ihren Füßen und lehnte sich an den warmen Stamm.

Sie fühlte ein leises Zittern, als ob der Baum sie willkommen hieß. Sie wusste, dass er das tat und dass er sie gerne bei sich hatte.

Sie war neugierig auf seine Geschichte, die sie am nächsten Tag wieder zuhörenden Menschen im Wald erzählen wollte.

Und so war es: am nächsten Tag saß die Märchenfrau immer noch unter der rauschenden Pappel und die Menschen kamen, neugierig auf mehr Waldmärchen und fanden sie dort. Schnell war ein Kreis um sie gebildet und die Märchenfrau begann zu erzählen:

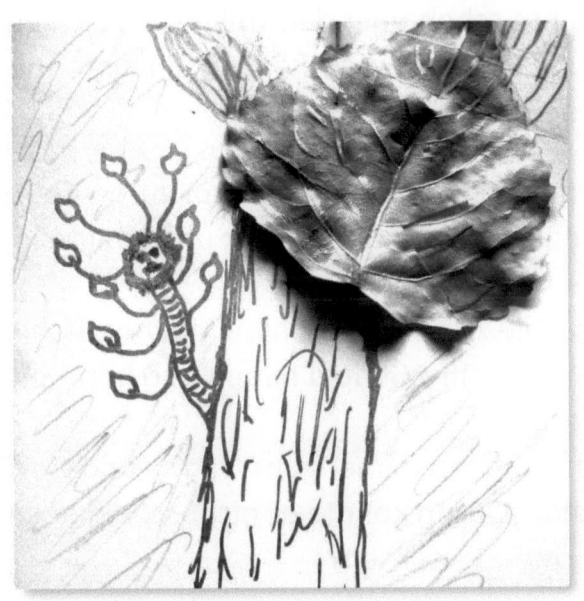

Das Märchen vom trotzigen Pappel-Kind

Es war einmal ein kleiner Pappel-Baum der wuchs aus
dem Stamm seiner Mutter-Pappel und fühlte sich ganz
stark.
Er war jetzt schon zwei Jahre alt und mindestens 20
Zentimeter gewachsen.

Er konnte schon über den Holunderbusch gucken und über die vielen Hopfen-Ranken, die unter der großen Mutter-Pappel wohnten.

Irgendwann, das wusste er, kam auch er hinauf bis in die hohe Krone seiner Mutter und konnte im Licht der Sonne baden.
„ Ja, ja, die Zeit wird kommen, aber bis dahin musst du noch viele Jahre Geduld haben", so hörte er alle um ihn herum sagen.
Das machte ihn immer ganz traurig und gleichzeitig wütend. Warum konnte er nicht schneller so hoch in den Himmel wachsen?

Und seine Mutter versuchte ihn in seiner Traurigkeit und Wut zu trösten, indem sie sagte: „ Auch wenn du noch nicht in den Himmel wächst, so kannst du von ihm auch dort unten schon Botschaften empfangen. Und wenn du es lernst, diese Botschaften zu verstehen und sie weiter zu geben, dann ist das eine viel schönere Aufgabe, als so hoch zu wachsen."

Der kleine Pappel-Baum runzelte verwundert seine dünne Rinde.

„Was sollen das denn für geheimnisvolle Botschaften sein?" fragte er dann.

„ Ich erzähle dir mal eine Geschichte", erwiderte die Pappel-Mutter. „ Die Ur-Geschichte der Pappel-Bäume. Manche Menschen, die du dort unten vorbei gehen siehst nennen uns 'Flüster-Bäume', weil unsere Blätter an langen Stielen sind und schon beim kleinsten Windhauch leise rascheln.
So ist es unsere Ur-Bestimmung Botschaften zu flüstern. Und das nicht nur für die Menschen, sondern auch für die Tiere, die anderen Bäume und alle Pflanzen.

Wir bringen ihnen die Botschaft der Tag-und Nacht-Gleiche! Kannst du dir vorstellen, was sie beinhaltet?"

Der kleine Pappel-Baum schüttelte seine Blätter und bemerkte ein ganz leises Zittern und Rascheln, das von ihnen ausging. Er wurde plötzlich ganz stolz und musste lächeln.

Auf einmal dachte er daran, was seine Mutter gesagt hatte, aber er konnte es nicht so ganz verstehen.

Hieß es, dass Tag und Nacht gleich waren? Aber wieso? Nachts war es doch dunkel und tagsüber hell.

„Also höre zu", sagte seine Mutter, „ es gibt bei uns nur zwei Tage im Jahr an denen Tag und Nacht gleich lang sind, das heißt die Dauer des Tages mit Sonnenlicht und die Dauer der Nacht ohne Sonnenlicht sind vollkommen gleich.
Das ist nicht überall auf der Erde so, aber hier in Europa – so nennen es die Menschen – ist das überall so!!"

„ Und was haben wir damit zu tun?", fragte der kleine Pappel-Baum verwundert.

„ Nun", fuhr die Mutter fort, „ die erste Tag-und Nacht-Gleiche ist im Frühjahr, da freut man sich auf das zunehmende Sonnenlicht bis in den Sommer. Aber bei der bald kommenden zweiten Tag-und-Nacht-Gleiche im September haben die Menschen, die Tiere und Pflanzen oft ganz große Furcht vor dem Winter und vor der dunklen Zeit. Nach dieser Tag-und-Nacht-Gleiche werden die Tage nämlich immer kürzer und die Nächte immer länger und dunkler.

Wir flüstern ihnen dann zu, dass sie keine Angst zu haben brauchen!

Sie müssen dann nur unsere Nähe suchen, sich an uns lehnen, die Hände an unsere Rinde legen und wir helfen ihnen alle Furcht zu überwinden.

Wir bringen durch unser Flüstern in ihre Gedanken wieder Licht. Sie sollen ohne Angst durch die dunkle Jahreszeit gehen, denn wir wissen, es wird wieder hell, der Tag setzt sich immer wieder gegen die Nacht durch."

„ Das ist eine schöne Botschaft!" seufzte der kleine Pappel-Baum und lehnte sich zärtlich an die dicke Rinde seiner Mutter.

„ Das ist ja auch für mich so",sagte er, „ich habe schon gemerkt, dass ich bei mehr Sonnenlicht schneller wachse, ja und Wasser brauche ich, für meine schönen flüsternden Blätter."

Stolz streckte er noch einmal seine hübschen Blätter in den Wind und ließ sie rascheln.

„ Ja und so ist es mit allen Bäumen und Pflanzen und auch bei den Tieren und Menschen", fuhr die Mutter fort.

„ Alle brauchen Licht und Wasser. Und noch viel mehr: alle müssen lernen voneinander zu nehmen und einander zu geben. Das ist die Kraft der Liebe, durch die wir alle leben. Darum geben auch wir unsere Botschaft weiter."

„ Kann ich in diesem Jahr auch schon die Botschaft flüstern?" fragte der kleine Pappel-Baum besorgt, weil er dachte wieder zu hören 'Nein dazu bist du noch zu klein!'

Aber seine Mutter lächelte und sagte: „ Aber sicher darfst du das schon tun, du übst ja schon fleißig mit deinen Blättern, wie ich sehe."

Verschämt zog der kleine Pappel-Baum seine Blätter jetzt zusammen.

Die Mutter fuhr fort: „ Du wirst sehen, schon bald wird ein Mensch dort an deinen Blättern verweilen und wenn du ganz bewusst raschelst und den Wunsch hast, die Botschaft zu verkünden, dann wird sie auch bei ihm ankommen.

Und er wird vielleicht ganz versunken lächeln oder aber er bricht sich ein Zweiglein mit ein paar Blättern ab. Das ist nicht schlimm!

Er sammelt das wegen dem Pappel-Harz deiner neuen Knospen, um es zu räuchern. Mit dem Räuchern verliert er seine alten Ängste und Gewohnheiten und er tankt über deinen Duft neue Frische für die kalte Jahreszeit. Deine Blätter wachsen schnell wieder nach."

„ Warum macht der Mensch das alles, warum braucht er dazu unsere Blätter?"

Der kleine Pappel-Baum war ganz zornig, denn er wollte alle seine schönen Blätter behalten und vor allem die Blattknospen.

Im Herbst ärgerte er sich immer, wenn seine Blätter gelb wurden und abfielen, aber, dass da jemand seine Blätter auch noch mutwillig abpflückte, das war zu viel.

Seine dünne Rinde zog sich ganz eng zusammen und sein Stämmchen bestand fast nur noch aus Falten.

„Aber die Menschen brauchen uns doch", sagte seine Mutter besorgt," wir sind doch dazu da, das, was wir für sie haben, zu geben, damit unsere Botschaft auch Wirklichkeit wird.

Ich weiß, früher waren die Menschen anders. Da waren wir Pappeln heilige Bäume und wir wurden gehegt und gepflegt.

Heute wissen nur noch einige besondere Menschen, welche Kraft wir haben und wie sie durch unsere Botschaft geheilt werden können. Aber glaube mir, eines Tages werden wir wieder für alle ganz wichtig sein.

Dann werden sie wieder erkennen, dass die Pappel-Fee und alle anderen Baum-Feen zu ihnen sprechen und ihnen Gutes tun, wenn sie es denn wollen."

„ Hab ich auch eine kleine Fee in mir?" fragte der kleine Pappel-Baum ehrfürchtig.

„ Alle Pappeln sind Kinder der einen Pappel-Fee – sie ist in allen Pappeln."

Der kleine Pappel-Baum wurde ganz andächtig und ließ leise seine Blätter-Büschelchen rascheln.

Die Märchenfrau

Zwei Menschenkinder kamen auf die Märchenfrau zu und riefen: „ Ich würde auch meine schönen Blätter nicht abgeben!" Und sie streichelten die Blätter des Pappel-Kindes vorsichtig und zärtlich.

Die Märchenfrau sagte: „Nun manchmal werden Zweige vom Wind abgeflückt und dann sind die Knospen gut ab zu knipsen.
Also schaut aufmerksam, ob ihr auf dem Weg und im Unterholz Zweige mit Knospen findet. Nehmt auch eine Tüte mit, denn die Knospen sind sehr klebrig, das ist das Pappel-Harz, das die Knospen im Winter vor Frost schützt und für uns Menschen so heilsam ist, weil es Wunden und Entzündungen heilt.
Die Bienen machen aus diesem Harz den Stoff Propolis, um damit ihren Bienenstock zu kitten und zu desinfizieren."

Die Menschen bedankten sich bei der Märchenfrau und gingen langsam unter den Pappeln nach Hause. Einige fanden sogar Knospen-Zweige, die sie mitnahmen.

Zu Hause wurden die Knospen abgepflückt und zu einer Wund-Salbe verarbeitet.

Die Märchenfrau sah in der folgenden Zeit zufrieden der dunkleren Jahreszeit entgegen und dachte an die vielen Früchte der Bäume, die jetzt zu finden waren.

Da hörte sie ein lautes Stöhnen aus dem Wald. Sie schaute sich um und sah einen alten Eichenbaum, der vor sich hin knarrte und manchmal schluchzte. Als sie ihn fragte, warum er so traurig war, erzählte er eine herzerweichende Geschichte, die sie unbedingt und schnell zu ihrer Zuhörerschaft bringen musste.

Sie winkte die vorübergehenden Menschen herbei und sie kamen gerne, denn sie liebten ihre Märchen und spitzten die Ohren.
Und sie begann:

Das Märchen vom Eichenkönig

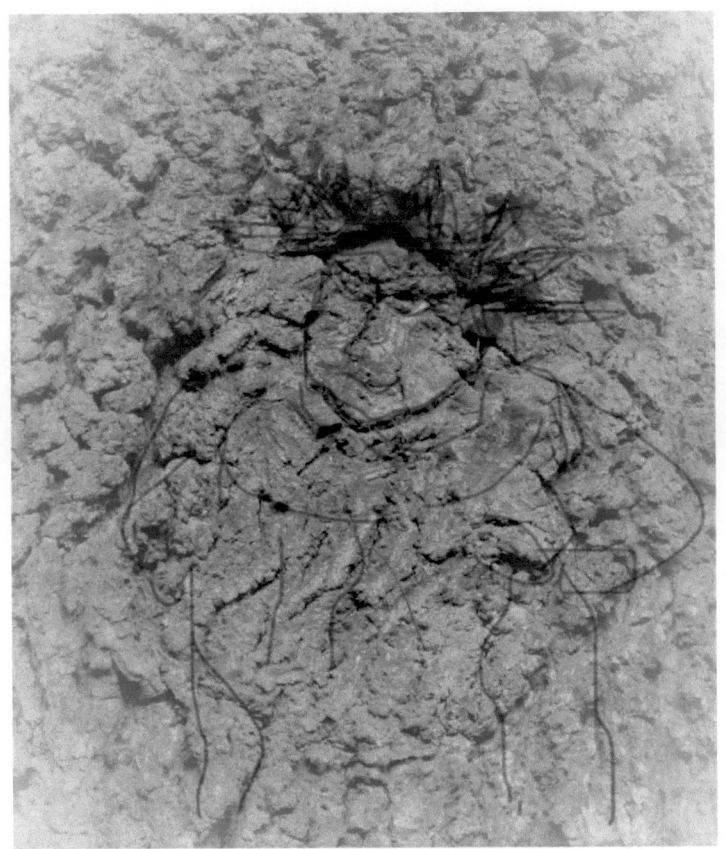

Es war einmal ein König, der lebte in einem reichen Land. Er selbst war auch reich an Geld und konnte alles für seine Untertanen kaufen. Er war sehr großzügig und fragte sie jede Woche, was sie denn brauchten.

Die Untertanen wünschten sich immer teurere Geschenke.
„Gib uns ein großes Kaufhaus", sagten sie, "damit wir dort ganz viel Sachen bekommen können."

Für dieses Kaufhaus wurde ein großes Stück des Waldes im Land des Königs gerodet.
Das Kaufhaus war sehr groß und sehr laut ging es dort zu.

„Gib uns eine Brücke über den Fluss", sagten die Untertanen.

Wieder ließ der König seinen Wald roden und baute eine riesengroße Betonbrücke, auf der alle seine Untertanen auf einmal, den Fluss überqueren konnten.

„Gib uns einen Palast, in dem wir immer nur spielen können, mit tausend neuen Spielen und Spielsachen", sagten die Untertanen.

Wieder ließ der König Wald roden, um den Spiel-Palast zu bauen, der groß und prächtig aussah und bei Tag beinah die Sonne in seinem Reich verstellte.

Eines Tages suchte der König nach einem langen Spaziergang durch seine teuren Geschenk-Bauten, müde den Schatten des noch einzigen Baumes der übrig geblieben war.

Er lehnte sich an ihn und genoss die Ruhe und Kühle, die er gab.

Da sprach ihn eine laute und herrische Stimme aus dem Baum heraus an: „ Verflucht sollst du sein!," sprach sie.

„Du hast alle meine Brüder achtlos zu Tode gebracht. Wir haben uns alle nichts zu Schulden kommen lassen. Aber du hast uns nicht geachtet und nur auf deine verblendeten Untertanen gehört.

Aber ein König muss auch weise sein und weil du es nicht bist, brauchst du lange Zeit, um nachzudenken, bis du es geworden bist und du endlich weißt, worauf es im Leben wirklich ankommt."

Der König war kreidebleich geworden und fragte erschrocken: „ Was soll mit mir passieren?"

Die Stimme sprach:„ Die Baumgeister des Waldes verwandeln dich in eine Eiche und du bist erst erlöst, wenn du zumindest einen Menschen findest, der deine Früchte liebt und achtet!"

Und ehe sich der König versah, wuchsen ihm aus Händen, Kopf, Armen und Beinen, das heißt am ganzen Körper, Zweige und Äste mit Eichenlaub.

Und seitdem steht er als große Eiche dort in seinem Land und wirft seinen Untertanen jedes Jahr hunderte Eicheln auf den Boden.

Aber keiner achtet auf ihn.

Seine Untertanen haben bereits einen neuen König, der sie mit Geschenken verwöhnt.

Die Eicheln werden zertreten und überfahren, dann zusammengekehrt und in den Abfall geworfen.

Der Eichen-König, der er ja nun ist, wurde immer trauriger und verstand bald, was die Stimme der Bäume ihm damals sagte.

Beinahe wäre er ganz resigniert, wäre da nicht ein kleines Mädchen gewesen, das eines Tages vor ihm stand und einige frisch gefallene Eicheln aufnahm und liebevoll streichelte....

Die Märchenfrau

Aber das ist eine andere Geschichte, sagte die Märchenfrau und sah lächelnd wie eine Gruppe von Menschenkindern unter der traurigen Eiche nach Eicheln suchte und sie in eine Tüte füllte.

„ Meine Großmutter macht daraus Eichel-Kaffee", sagte ein kleiner Junge und lief schnell davon.

Die Märchenfrau rief ihn zurück: „Hallo ihr Eichel-Kinder," rief sie die Gruppe zu sich heran, „wenn ihr einen Wunsch auf ein Papierchen schreibt und darin eine Eichel einwickelt und dabei sagt:'Lieber Eichel-König, lass meinen Wunsch wahr werden', dann wird das geschehen. Aber denkt daran, wünscht weise!!!"

Mit diesen Worten machte sie sich auf ihren weiteren Weg in den Wald hinein, nachdem sie die traurige Eiche nochmals sanft gestreichelt hatte.

Und sie hörte ein kleines glucksendes Lachen aus dem großen Baum. Wer das wohl war?

Der bunte Oktober-Wald
und das Samhainfest

Die Märchenfrau

Lange wandelte die Märchenfrau durch den herbstlich bunten Blätterwald, als sie den buntesten aller Bäume fand.
Es war der Ahornbaum, den sie suchte. Sein Blätterdach strahlte in gelben, orangen und grün-gelb-melierten Tönen. Es war eine solche Farbenpracht vor dem jetzt hellblauem Himmel, dass sie laut ausrief: „Oh wie bist du schön!"

Menschen blieben bei ihr stehen und schauten das herrliche Baum-Wunder mit ihr an.

Und der Märchenfrau fiel eine Geschichte ein, die ein Ahornbaum ihr vor sehr langer Zeit erzählt hatte. Sie musste sie jetzt einfach weiter geben.

Langsam ließ sie sich auf dem gelben Blätter-Teppich vor der Wurzel des Ahorns nieder und begann zu erzählen und die Menschen hörten wie immer aufmerksam und neugierig zu:

Das Märchen vom Ahorn-Blätterkranz

Eines Tages kam die kühle Mondgöttin auf die Erde. Frau Luna wurde sie genannt.   Sie ist stolz und dennoch zart und lieblich. Sie ist Meisterin im Bogenschießen.

Es war in einer Vollmond-Nacht. Auf dem dicken Mond reitend, ließ sie sich unbemerkt an ihrer

Mondkrone auf die Erde nieder. Das Wasser wich ihr aus, denn es hatte Respekt vor ihr.
Die Luft teilte sich und wirbelte so, dass ihre weichen weißen Röcke im Wind flatterten.

Ihren Bogen hielt sie locker in der Hand und sie schaute verträumt in die Landschaft. Sie sah Wiesen und Bäume und sie sah die Behausungen der Menschen. Aber sie sah keine Tiere.

Ihr Pfeil und ihr Bogen waren allerdings nicht zum Töten von Tieren bestimmt, wie es die Menschen taten.

Die Mondgöttin liebte alle Tiere, oft streichelte sie mit den Mondstrahlen ihr Fell des nachts ganz leicht und sanft. Dann schauten sie ganz irritiert hinauf zum Mond und die Mondgöttin musste lächeln.

Die Mondgöttin hatte eine besondere Aufgabe auf der Erde, die der Götterhimmel ihr zugewiesen hatte.
Sie konnte und sollte mit den Pfeilen, die ihr Bogen abschoss, Bäume von nie da gewesener Art auf die Erde zaubern.

Sie suchte jetzt das Tier, das sie so flehentlich gerufen hatte, nachdem sie sein Fell leicht berührt hatte.

Es war ein schönes Tier, behände und leichtfüßig. Es hatte schöne große ganz braune Augen. Es sah sehr verletzlich aus. Sein Kopf war wohlgeformt. Seine Ohren waren relativ groß und lauschend nach oben gerichtet.

Sein ganzes Fell war rotbraun und im Mondlicht hatte es fast golden geglänzt.

Als sie es gestreichelt hatte, war es zwischen den Bäumen und über die Wiesen davon gesprungen. Aber wo war es jetzt nur? Jetzt wo die Mondgöttin es suchte!

Sacht klopfte die Mondgöttin mit ihrem Bogen aus purem Silber an einen nahe stehenden Baumstamm - es war eine Eiche.

Diese meldete sich sofort: " Ich sehe das Reh noch nicht mal in der Ferne, es ist sehr scheu. Gestern habe ich es gesehen, es war mit einem kleinen Menschen hier."

"Einem Menschen", die Mondgöttin runzelte die Stirn. Wünsche von Menschen wollte sie nie mehr erfüllen, nachdem sie erfahren hatte, wie sinnlos und zerstörerisch diese oft mit dem Gewünschten umgingen.

Zum Beispiel hatte sich ein Mensch einmal gewünscht, dass sie Bäume mit Früchten zaubern sollte, damit die Menschen die Früchte essen konnten und somit nicht verhungerten.

Aber als es ihnen besser ging und sie genug anderes zum Essen hatten, ließen sie die Früchte, wie Bucheckern und Eicheln, einfach auf dem Boden verrotten.

Sie warfen sie sich höchstens gegenseitig an den Kopf oder zertrampelten sie achtlos, fuhren mit den Rädern ihrer Fahrzeuge über sie, dass sie zersprangen.

Nein, das war der Mondgöttin zu viel!
Erzürnt wollte sie sich wieder von der Erde abwenden, da sah sie das scheue Reh hinter einem Baum.
"Verlass uns nicht! Mein Mensch ist anders, es ist noch ein Kind!" wisperte das Reh, denn Tiere können noch die Gedanken der Mondgöttin hören und

verstehen. Die Menschen haben das ja lange vergessen.

Langsam kam das Reh auf die Mondgöttin zu, seine Augen ängstlich, aber voll Hoffnung weit geöffnet.

"Nun was wünschst du?" fragte die Mondgöttin das Reh. "Ich habe dich rufen gehört und bin gekommen, weil ich dir helfen will," fuhr sie fort.

"Dir möchte ich einen Baum-Wunsch erfüllen. Aber sorge dafür, dass die Menschen nicht wieder alles zunichte machen und achtlos zerstören!"

Das Reh antwortete mit aufgeregter Stimme: " Nein, mein Menschlein kenne ich gut. Es hat sehr viel Respekt vor Bäumen und lebt mit ihnen zusammen. Die Eiche hier ist ihre Baumfreundin. Bei ihr kannst du mein Menschlein finden."

Fragend schaute die Mondgöttin in die Richtung, in die der Kopf des Rehs zeigte.

Ganz langsam und verzagt kam ein kleines Mädchen hinter der Eiche hervor.

Es trug ein dickes weißes Mäntelchen, das im Wind wirbelte, wie die Röcke der Mondgöttin.

Auf ihrem Kopf hatte es einen Kranz aus Eichenblättern und als Ohrringe hatte es sich Eicheln mit Stielen über ihr Ohr gehängt.

Ihre Augen waren braun, wie die des Rehs und sie schaute die Mondgöttin erstaunt, aber nicht ängstlich, an.

Die Mondgöttin musste lächeln. So einen Menschen hatte sie ja noch nie gesehen.   „Du kannst mich also sehen", sagte sie.
„Das ist ja schon mal eine gute Voraussetzung. Also ihr beiden, welchen Baumwunsch habt ihr. Ich will sehen, was ich tun kann."

Das Reh und das Mädchen sahen sich erst lange an, dann fing das Mädchen an zu sprechen:

"Liebe Mondgöttin, wir wünschen uns einen ganz besonderen Baum, der zugleich heilend ist für unsere Kranken und uns schützt vor allen Ängsten in der dunklen Zeit.

Er soll uns - Tier und Mensch - im Winter ernähren und uns im Sommer viel Schatten bieten.

Er soll etwas sehr Kostbares und heilendes unter seiner Rinde verbergen, das nur wahre Baumfreunde finden können.

Er soll Blätter haben, die in alle Himmelsrichtungen zeigen und so bunt sind im Herbst, dass es eine Freude für uns alle ist.

Seine Blätter sollen so groß sein, wie bisher noch kein Baum Blätter hatte. Er soll die bunte Freude auf die Erde bringen.......", langsam hörte das kleine Mädchen auf zu sprechen, weil die Mondgöttin sie streng ansah.

" Bist du fertig mit deinen Wünschen?"

Das Mädchen nickte still.

" Weil du so im Einklang mit der Natur, mit Tieren und Bäumen lebst, will ich dir diesen Wunsch erfüllen. Aber ich werde auch dafür sorgen, dass die Menschen nicht wieder die Möglichkeit haben, das zu zerstören, was ich aufgebaut habe.

Ich zaubere dir einen Baum, der sich über die ganze Erde verbreiten wird, denn er wird Samen haben, die wie kleine Vögel weit weit fliegen können.

Ich werde die Samen mit kleinen Engelsflügeln ausstatten.
Die Blätter des Baumes werden groß werden und so gezackt, dass man in ihnen die Himmelsrichtungen erkennen kann.

Der Baum wird so viele Blätter tragen, wie kein anderer und den größten Schatten im Sommer werfen.

Und im Herbst werden die Blatter in allen Farben leuchten, wie bisher noch keine Blätter-Bäume es konnten.

Jedes Blatt wird ein anderes Farbgemisch aufweisen, von gelb bis rot und grün schattiert mit herrlichen Aderzeichnungen.
Er wird Freude und Wohlgefühl, selbst im Herbst, am Eingang der dunklen Jahreszeit, zur Erde und ihren Lebewesen bringen.

Aber das Besondere ist das, was er unter seiner Rinde trägt, es ist gleichzeitig heilsam und schmeckt, wie noch nie etwas geschmeckt hat. Es ist ein Saft, den nur geschickte Menschen mit Respekt vor dem Baum unter seiner Rinde heraus bekommen. Sie können daraus Sirup machen, der alle nährt.

Ich will den Ahornbaum zaubern, ehrt und achtet ihn!" Und die Mondgöttin spannte ihren Bogen mit einem Silberpfeil und schoss ihn in die Erde.

Das Mädchen war bei dieser Handlung auf die Knie gesunken und beobachtete nun gemeinsam mit dem Reh, wie ein kleiner Baum aus der Erde wuchs.

Er reckte sich weit dem Himmel zu, fest verwurzelt, und nach oben hin ragte er in die Freiheit und begann wie in Zeitlupe zu wachsen.

Das Mädchen verfolgte den Zauber mit großem Erstaunen: zuerst lag da nur ein kleiner geflügelter Same, dann fing er an zu wachsen, es bildete sich ein Stämmchen, dann ein Stamm, es kamen Blätter aus Ästen und sie raschelten bereits im Wind.
Der Stamm wurde immer größer.

Zweige reckten sich in den Himmel und bildeten mit ihren Blättern ein hohes Laubdach.

Plötzlich stand das Mädchen im Schatten des Baumes. Ein Gesicht in der Rinde lächelte sie an: " Willst du meine Jahreszeiten sehen?" fragte der Ahornbaum.

Und das Mädchen sah, wie der Baum erst ganz grüne Blätter hatte, die nach und nach ganz bunt wurden und auf den Boden vor ihr fielen.

Das Mädchen sammelte die schönen, bunten Blätter auf und hielt sie staunend in den Händen. Sie waren so groß und zackig wie die Himmelsrichtungen. Sie drückte das Blätterbüschel an ihr Herz.

"Eines gebe ich dir noch mit auf den Weg, bevor ich die Erde verlasse!", sagte die Mondgöttin.

"Ihr Menschen sollt diesem Baum immer wegen der bunten Freude, die er bringt, Respekt zollen. Jedes Jahr im Herbst sollt ihr einen Ahorn-Blätterkranz anfertigen und die bunte Freude mit in eure Behausungen nehmen, dann wird er euch vor Gefahren und Ängsten schützen!"

Die Mondgöttin erhob ihren Bogen und schon war sie im Himmel in Richtung ihres Vollmondes verschwunden.

Das Mädchen und das Reh guckten ihr noch lange hinterher.

Und dann dankte das Mädchen dem Reh für seine Hilfe und rannte mit dem bunten Blätterbüschel nach Hause, um ihren Ahorn-Blätterkranz zu fertigen.

Die Märchenfrau

Und so taten es auch die Menschen, die der Märchenfrau zugehört hatten. Bald standen alle vor ihr und drückten ein Ahorn-Blätterbüschel an ihr Herz.

Die Märchenfrau nickte ihnen zu und bückte sich nach einem besonders großen Ahornblatt und hielt es in die Himmelsrichtungen wie einen Kompass.

Am 31. Oktober wurde das keltische Neujahr – Samhain – gefeiert. Um diese Zeit war die Mondgöttin unterwegs, um Neues aus dem Toten entstehen zu lassen. Der neue Jahreskreis wurde von ihr angestoßen.
Und so wusste die Märchenfrau, dass an diesem Abend noch sehr viele Ahorn-Blätter-Kränze in den Häusern der Menschen aufgehängt wurden, um der dunklen Jahreszeit des Winters Licht und Fröhlichkeit zu geben.

Der neblige November-Wald
und die dunkle Jahreszeit

Die Märchenfrau

Es wurde jetzt doch sehr kühl im Wald, die Bäume streckten sich ganz kahl ohne ihre Blätter in den nebligen Himmel.

Denn es ging auf den Winter zu und im Wald wurde es schon am Nachmittag dunkel.

Da fiel der Märchenfrau, als sie durch den Wald ging, eine kleine Fee ein, die noch kurz vor Winteranfang hier im Wald einen Platz fand.

Und das war das Märchen das sie am nächsten Tag ihre Zuhörerschaft dazu erzählte:

Das Märchen von der kleinen Eiben-Fee Pitschu

„Wo kommst du her?" fragte neugierig die große Eiche, als an einem sonnigen Spätherbst-Tag ein kleines grünes Etwas an ihrer Wurzel Fuß fasste.

Die Stechpalmen schauten das Gewächs kritisch an , sie waren hier auch fremd, aber hatten sich über Jahre im Zauberwald eingelebt und waren jetzt ganz viele.

„ Von uns ist das Kleine nicht!" sagte jetzt die größte Stechpalme im Wald zum Eichenbaum.

„Aber wo kommt es dann her.", seufzte die Eiche und schaute besorgt zu ihren Füßen hinunter.

„ Ich weiß auch nicht wie ich und mein kleines Bäumchen hierher kommen", hörten sie alle nun ein kleines piepsiges Stimmchen. Es kam unverkennbar aus dem kleinen Gewächs.

Und dann sahen sie nach und nach ein kleines Feen - Mädchen, das sein Köpfchen aus den kleinen Zweigen herausstreckte und schüchtern umher guckte.
Sie sah nur große Bäume in ihrer Umgebung und erschrak.

Aber da entdeckte sie einen kleinen Zwerg der unter einer Stechpalme Platz genommen hatte und nun vorwitzig das Wort ergriff.
„ Ach ich kenne dich, du bist eine Tanne."

„Nein", rief da das kleine Feen-Mädchen und die kleinen Zweige ihre Bäumchens schüttelten sich vor Aufregung.

„ Meine Mama, die weit weit weg von hier lebt nennt mich Pitschu die Eiben-Fee, von ihr bin ich hierher geschickt worden und bewohne nun dieses kleine neue Eiben-Bäumchen."

Der Zwerg war jetzt neugierig und schlich leise zu dem Bäumchen hin um es zu berühren.

" Ja stimmt!" sagte er. „ Die Nadeln sind gar nicht spitz wie Tannenadeln, sondern ganz weich."

Die Eiben-Fee schüttelte sich sanft unter dieser Berührung.

„ Sei willkommen", sagte nun die weise Eiche. „ Du sollst unter meinem Schutz stehen hier in diesem Wald. Du bist so klein und zerbrechlich – und irgendwie merke ich, dein Bäumchen ist was ganz besonderes."

„ Ja meine Mama hat mir erzählt, dass mein Bäumchen viel viel älter als alle Bäume werden kann. Ihr Eiben-Baum und sie selbst sind schon viele tausend Jahre alt."

Nun wurde die Eiben-Fee ganz leise: „ Und ich danke euch für den Schutz liebe Eiche, denn ich weiß, dass ich und mein Bäumchen langsam wachsen und lange so ganz klein bleiben."

Nun sprangen ein paar kleine Waldfeen hervor, keiner hatte sie zuvor gesehen.

Sie bildeten hüpfend einen Ring um die Eiche mit ihrer neuen kleinen Eiben-Freundin und sie sprachen dabei : „ Vor den Eiben die Zauber nicht bleiben".

„Liebe Zauberwaldbewohner merkt euch," sprach jetzt eine der Feen dieses Waldortes, die daraufhin in ihre Mitte trat.

„Die kleine Eibe schützt diesen Wald vor böser Hexerei und bösem Zauber. Liebes Eiben-Kind in vielen Jahren wird dein Eiben-Bäumchen rote Beeren haben, die weit leuchten und Hoffnung bringen."

Und sie sang gemeinsam mit den anderen Waldfeen ein altes Lied magischen Ursprungs:

"Dass meiner Seele stets die Freude bleibe
auch angesichts des Schweren und der Not,
daran erinnert mich das Feuerrot der Eibe. Denn wer
im Schatten deiner Zweige weint,
ist nie allein, und stets von dir bewacht."

Alle Bäume , Sträucher, Pflanzen und Tiere sowie alle Zwerge, Elfen und Feen des Zauberwalds verbeugten sich nun vor der kleinen Eibe mit ihrer Eiben-Fee, die plötzlich ganz verlegen wurde und leise sagte: „Nennt mich doch einfach Pitschu!"

Die Märchenfrau

„Und ich will euch noch ein zweites Märchen erzählen, dass ich von einer Fichte erfahren habe. Ein Baum der auch in dieser dunklen Zeit seine magische Bedeutung hat.

Das Märchen handelt von einem „Fichtenwichtel", der wie die kleine Eiben-Fee zu Großem fähig ist, aber ganz bescheiden bleibt", sagte die Märchenfrau zu den zuhörenden Menschen.

„Wollt ihr sie noch hören?" fragte sie. Alle Menschen nickten und applaudierten kräftig. Und die Märchenfrau begann:

Das Märchen vom Fichten-Wichtel

Hinter einem tiefen Wald, weit weit weg von hier, da lebte ein winziger Fichten-Wichtel mit seinen Geschwistern.

Sie lebten etwas entfernt vom Wald in einer kleinen Höhle im Berg.

In deren Umgebung gab es wenig Grün, nur ein einzelnes kleines Bäumchen reckte sich über der Höhle in den Himmel.

Der Fichten-Wichtel hegte und pflegte, das Bäumchen, das nicht größer war als er selbst.

Jeden Tag bekam es etwas Wichtel-Mus und natürlich ein Wichtel-Kännchen Wasser aus dem Bergbach.

Das Wasser holte das Wichtel-Männchen höchst persönlich und den Brei bereitete seine Schwester aus den Körnern, die sie noch in der Vorratskammer hatten.

Damals hieß der kleine Wichtel noch nicht Fichten-Wichtel, sondern einfach Knurz, seine Schwester hieß Schnurz und sein Bruder, der immer unterwegs war, hieß Lurz.

Jeden Tag saß Knurz vor dem kleinen Bäumchen, das nicht größer war als er selbst und er war nur - in Menschenmaßen – zwei Finger groß.

Und er sprach zu dem Bäumchen die lieblichsten Worte, oft sang er ihm auch ein Wichtel-Lied.

Nur das Bäumchen reagierte nicht. Es verzog sein kleines Mündchen und streckte seine kleinen Zweige gegen das Wichtelchen, als wenn es nichts mit ihm zu tun haben wollte.

„Wie heißt du denn?, fragte Knurz oft verzweifelt.

Und manchmal war das kleine Wichtelchen auch ärgerlich und dann sagte er so was wie: „ Wahrscheinlich heißt du Hart-Nadel, deine Blätter piksen, wenn man nur mal die Hand zur Freundschaft reichen will!"

Aber das Bäumchen reagierte nicht. Nicht ein Tönchen kam über seine Lippen.

Knurz ging dann traurig zurück in seine Höhle und sagte zu seiner Schwester:

„Nichts, immer noch nichts!"

Und diese wusste sofort, was er meinte.

Aber eines Tages war etwas anders.

Er saß wieder vor dem Bäumchen, als er plötzlich sah, dass an seinem kleinen Stämmchen eine klebrige Flüssigkeit entlanglief.

Er wollte schon den kleinen Finger hineinstecken, als das kleine Bäumchen schnell rief: "Hey, lass mein Harz in Ruhe. Es gehört mir und es ist mein erstes."

Ihr könnt euch vorstellen wie überrascht unser Wichtel-Männchen war. Fast wäre es den Berg hinunter gefallen.

„Ja, was ist denn Harz," entfuhr es ihm dann unbedacht.

Das kleine Bäumchen machte ein ernstes Gesicht und reckte seine kleinen Zweige in den Himmel.

„ Mein Harz ist eine Himmelsgabe," seufzte es.

" Aber nicht für dich!!", fuhr es dann den Wichtel an.

Dieser schreckte zusammen, was war das denn??

Er hatte ja noch gar nichts genommen und wusste auch gar nicht, ob er es wollte.

Jetzt musste er schnuppern, ein unbekannter Geruch, doch sehr angenehm, strömte ihm in die Nase.

Er hatte das Gefühl plötzlich viel befreiter atmen zu können. Er schaute das Bäumchen an.

„ Ja das ist mein Harz, das so riecht. Meine Mutter hat mir erzählt, dass es riecht wie Zitronen und Gewürze aller Art, die die Menschen mögen."

Der Wichtel war immer erstaunter – Mutter? Wo hatte das Kleine denn eine Mutter?

Als wenn das Bäumchen seine Gedanken lesen könnte, sagte es: „ Der Geist meiner Mutter ist immer noch in mir, alle Fichten-Bäumchen haben dieselbe Mutter. Sie bewacht alle Samen, die in die Erde gelangen und keimen, bis sie groß sind."

Nun hatte das Wichtelchen das Gefühl, dass ihn das Bäumchen aus abertausenden Augen anguckte.

„ Hast du gesagt Fichten-Baum" , flüsterte es.

„ So heißt du also!"

„ Ja ich bin eine Fichte und auch meine Samen werden mal so weit fliegen, dass sie in besseren Gegenden landen, als die hier ist!"

Beleidigt sah das Wichtelchen das Fichten-Bäumchen an.

„Aber hier ist es doch schön!" rief es.

„Oh was weißt du schon, mein Samen kommt aus einer Gegend mit ganz vielen Fichten, ich habe mich nur hierhin verirrt."

Unwillig schüttelte das Fichten-Bäumchen seine Zweiglein und schaute dem Wichtelchen in die Augen.

„ Aber ich muss dir danken, du hast mich immer versorgt und es geht mir gut! Aber ich fühle mich so alleine und hätte gerne Fichten-Freunde!"

Traurig sah es nun auf seine Nadeln und schniefte ein wenig.

Dem Wichtelchen tat das kleine Bäumchen leid.

„ Weißt du was, wenn du mir sagen kannst wo dieser Fichten-Wald ist, dann bringe ich dich dorthin, du musst dann nur etwas deine Wurzeln lösen, denn ich bin nicht so stark, sie heraus zu ziehen."

Die kleine Fichte räusperte sich gerührt, „ Das würdest du tun?"

Der kleine Wichtel wurde jetzt neugierig. „Für wen ist denn dein Harz ?"

„ Für uns Fichten, es heilt uns wenn wir mal verletzt sind. Und für die Menschen" sagte die Fichte und spürte ihre ganze Wichtigkeit.

„ Mein Harz kann auch sie heilen, wenn sie krank sind – nur hier kommt ja kein Mensch rauf in diese karge Waldgegend."

Wieder machte die kleine Fichte ein verschlossenes Gesicht.

Das Wichtelchen aber wollte mehr wissen: „ Und was heilen die Menschen mit deinem Harz?"

Wieder wurde sich das Bäumchen seiner Bedeutung bewusst und sagte:

„ Mit dem Harz heilen die Menschen Wunden und machen ihre Lungen wieder stark, damit sie besser atmen können."

„Ja dann musst du wohl wieder näher zu den Menschen, obwohl ich dich auch gerne hier gehabt hätte, also lass uns aufbrechen und deine Fichten-Freunde suchen."

Der Wichtel hatte das Gefühl ein kleines Juchzen von dem Bäumchen zu vernehmen.

Aber als er sich umdrehte, stand es stumm dort auf dem Felsen wie immer.

Er packte etwas Proviant ein und eine kleine Schaufel. Ganz leicht ließ sich das Bäumchen aus dem Felsen lösen.

Er packte es auf den Rücken und lief in die Richtung, die das Bäumchen ihm beschrieb.

Und nach einer langen Wanderung über Stock und Stein, waren sie doch tatsächlich im Fichtenwald angelangt. Behutsam pflanzte der Wichtel nun die kleine Fichte neben seiner Mutter in die Erde, holte Wasser und begoss sie gründlich.

Nach getaner Arbeit war er zu müde, um gleich wieder nach Hause zu gehen.

Die Fichten hatten ihm ein weiches Bett aus Nadeln gemacht und wie er sich darauf legte waren sie auf einmal gar nicht mehr pieksig.

Er schlief so schön und tief unter den gut riechenden Fichten-Bäumen, dass er erst spät am Morgen aufwachte.

Alle Fichten schauten auf ihn herab und lächelten.

„ Nun schaut euch unseren Fichten-Wichtel an, wie wohlig er geschlafen hat. Aber nun auf unser kleiner Freund, der Weg zurück ist lang.

Aber wir geben dir etwas von unserer Magie mit auf den Weg.

Hier ist ein Päckchen mit Nadeln, Holz und Harz und ein kleiner Fichtenzapfen.

All das wird dich immer vor allem Bösen schützen.

Und in dem Fichtenzapfen findest du Samen, mit denen du ein neues Bäumchen bei dir keimen lassen kannst. Versorge es dann und bringe es uns wieder, wenn es groß genug ist. Wir werden dich herzlich empfangen, wenn du wiederkommst.“

Eilig rannte der kleine Wicht nach Hause zu seinen Geschwistern und erzählte die Geschichte.

Alle feierten daraufhin seinen ersten Namenstag als Fichten-Wichtel.

Danach verteilten sie den Samen aus dem Fichtenzapfen auf ihren Bergspitzen und gaben ihm Wasser und Brei. Bald wuchs ein neuer kleiner Baum über ihrer Höhle.

Der Anfang war wieder gemacht und bald wurden die Fichten-Bäume aus den Bergen bei den Menschen sehr bekannt als die heilsamsten ihrer Sorte.

Die Märchenfrau

Die Märchenfrau war nun aufgestanden und führte ihre Zuhörerschaft etwas tiefer in den Wald hinein. Sie kamen in eine Fichten-Schonung und hier genossen alle die gute Harz-Luft, die ihre Lungen durchdrang und einen wunderbaren Duft ausstrahlte.

So gestärkt konnte die kalte Jahreszeit ihnen allen nichts mehr anhaben.

Der kalte Dezember-Wald

und das Fest der Wintersonnenwende

Die Märchenfrau

Und der Herbst neigte sich immer mehr dem Winter zu. Die Wintersonnenwende stand bevor. Aber noch gab es viel zu erleben im Wald.

Besonders hübsch und fröhlich strahlte ein stacheliges Bäumchen in die Kälte hinein. Seine Beeren waren hellrot und stachen von den jetzt matteren Winterfarben grell ab.

Ach ja da gab es ja auch eine Geschichte, die sie unbedingt den Menschen erzählen musste!

Noch konnten viele Menschen solchen engen Kontakt mit dem Wald nicht erfahren. Sie wusste , sie waren auf ihre Märchen angewiesen.

Und sie kamen auch wieder, trotz Kälte, in großer Zahl in den Wald.

Der Märchenfrau war es , als seien es immer mehr, die ihr zuhörten und somit verdienten sie ein neues Märchen, das ihnen die Kälte erträglicher machte. Und so erzählte sie:

Das Märchen vom Geheimnis der Stechpalme

"Klein ist er, aber ein Baum. Seine Blätter glänzen und strahlen Unverwundbarkeit und Lebenskraft aus", dachte die dicke Buche so bei sich.

"Er ist mein Sohn", sagte ein alter Riese, der in ein Blattgewand gekleidet durch den Wald streifte.

"Wie bitte?" sagte die alte Eiche am Wegesrand und sah den wilden, ungestümen Mann stirnrunzelnd an.

Der Riese schwang darauf hin eine mächtige Keule und reckte sich dreist und mächtig zugleich.

"Er wird euch schon zeigen, was er alles kann!" brüllte er.

"Erstmal hat er sich mir vorzustellen", hielt die alte Eiche dagegen.

"Ich bin der Eichenkönig und meine Eichen bewachen hier den Wald!"

Die Eiche blickte nun herablassend auf den kleinen Neuankömmling herunter, der sich schüchtern an sie schmiegte.

"Werden wir Freunde?" flüsterte dieser leise.

"Autsch,du hast ja Stacheln!" stöhnte die Eiche auf.

Erschrocken entfernte sich das kleine Gewächs schnell wieder von der Eichenrinde.

Der Riese grollte und schwang seine Keule.

" Seid ruhig mein Herr und Vater", war nun ein zartes Stimmchen zu vernehmen.

"Sie müssen sich doch erst an mich gewöhnen und merken, dass ich ihnen in der dunklen Jahreszeit helfen und Schutz anbieten will."

Eiche und Buche schauten verwundert herunter auf das kleine Wesen mit den Stacheln.

"Ja, obwohl ich Stacheln habe, will ich Frieden, Freude und Zuversicht ausstrahlen. Ich möchte euch alle lieben, selbst wenn ihr mich jetzt noch ablehnt!"

Das kleine Bäumchen reckte seine grünen glänzenden Blätter nach oben und fing einige Tautropfen auf, die in diesen Winterstunden von den letzten noch hängenden Blättern der Eiche und Buche fielen.

Traurig sahen nun Buche und Eiche auf ihre bereits abgefallenen braunen Blätter.

"Tut das weh, wenn eure Blätter abfallen?" fragte das kleine Bäumchen mitfühlend.

Seine immergrünen Blätter strotzen nur so vor Stärke und sahen so gar nicht nach Abfallen aus.

"Nein", seufzte die Eiche, "weh tut das nicht, aber es bedeutet für uns immer ein kleines Ende und so kahl sind wir dem Winterwind oft so schutzlos ausgeliefert."

"Wir fühlen uns dann auch schwächer als sonst und ziehen uns ganz zurück," sagte die Buche.

" So schaut doch mich an in der Winterzeit. Ich stehe hier auch für eure Wiedergeburt. Ich möchte in euch die Hoffnung erhalten auf ein immer neues Leben."

Es erschien Eiche und Buche auf einmal, als wäre das kleine Bäumchen schon etwas gewachsen.

Und sie sahen auf die grünen glänzenden Blätter und entdeckten die strahlend roten Beeren, die bereits an den Ästchen hingen und konnten nicht umhin, sich daran zu erfreuen.

Sie dachten jetzt an ihre neuen Blätter mit der Gewissheit, dass sie im Frühjahr auch aus ihnen wieder sprießen würden.

Der kleine Kerl war für die Winterzeit schon eine schöne Augenweide.

Der Riese hatte die ganze Unterhaltung still mit angehört. Die Worte seines kleinen Sohnes beeindruckten ihn sehr.

"Lieber Eichenkönig," begann er nun." Mein Sohn wird ab jetzt die Verantwortung für diesen Wald haben, er ist euer kleiner Stechpalmen-König. Deine Kraft schwindet und du kannst mir und meinem Sohn vertrauen, dass wir den Wald in der kalten Jahreszeit gut beschützen, bis du wieder zu Kräften kommst."

Der Riese war jetzt gar nicht mehr aggressiv, so gut hatten die friedvollen Worte des kleinen Baumes gewirkt.

Der Vater des kleinen Stechpalmen-Königs verneigte sich nun vor dem Eichenkönig und dieser tat das ebenfalls im Gegenzug.

Beide lächelten sich an und das kleine Bäumchen schmiegte sich wieder ganz vorsichtig an die Eiche.

"Es ist auch unser Baum", zwitscherte es plötzlich aus einem nahe stehenden kahlen Holunderbusch. Dort hatte sich kleines Volk versammelt.

Sie zitterten vor Angst vor der winterlichen Dunkelheit.

" Wir haben es im Winter unter deinen schönen Blättern bestimmt ganz warm und können in Ruhe schlafen, denn deine Stacheln schützen uns," sagte eine kleine Elfe, die sich mit diesen Worten direkt auf die Spitze des kleinen Baumes setzte.

Der kleine Stechpalmen-König musste kichern, denn die Füßchen kitzelten seine Blätter.

" Oh, tut mir leid," bedauerte die kleine Elfe und hüpfte unter das Blatt, was noch mehr kitzelte.

" Ist nicht schlimm," lachte die kleine Stechpalme," ich gewöhne mich schon daran und außerdem lache ich gerne."

Der Riese hustete leise und machte Anstalten noch etwas Bedeutendes über seinen Sprössling zu sagen:

"Für die Menschen bringt mein Sohn - wie ihr anderen Bäume auch - gute Heilkräfte hervor.

Aus den Blättern können sie Tee machen. Er hilft Schmerzen lindern bei Knochenbrüchen und Verrenkungen und beruhigt die Nerven!"

Die kleine Stechpalme sah ihren Vater stolz an und atmete tief ein und aus.

Dann sprach sie:

"Ja vor allen Dingen will ich das Herz der Menschen öffnen für uns Bäume und Pflanzen des Waldes und sie dazu bringen, dass sie uns wieder unvoreingenommen lieben lernen.

Sie sollen wissen, dass sie nie einsam sind, wenn sie zu uns in den Wald kommen.

Ich schenke ihnen Wärme und Ausgeglichenheit in dieser kalten Jahreszeit und dabei die Zuversicht, dass alles im Leben weitergeht und ein Opfer eine immer noch größere Belohnung nach sich zieht."

" Das ist aber schön, was du sagst, das hilft auch uns Bäumen, denn wir opfern jedes Jahr unsere Blätter der Mutter Erde und brauchen die Zuversicht, dass sie immer wieder neu wachsen, üppiger und größer als vorher," es war die Eiche, die so sprach.

Ein Regen von welken Blättern fiel nun auf die kleine Stechpalme und viele blieben an ihren Stacheln hängen. Sie wachten wie eine zweite Haut über das Bäumchen, als Dank der Laubbäume ringsum.

Stolz streckte der kleine Stechpalmen-König auch diese Blätter mit in die Luft und blickte alle Bäume in der Umgebung warmherzig und gelassen an. Ja sie werden den Winter besiegen!

Der Riese ließ sich zufrieden nieder und vergrub seine Keule in Mutter Erde.

Die Märchenfrau

Das Jahr neigte sich dem Ende zu und es wurde immer ruhiger im Wald. Es fiel der erste Schnee, der alle Geräusche dämpfte. Die Menschen stapften mit dicken Stiefeln und dicken Handschuhen durch den kalten Wald.

Die Silvester-Feier stand bevor und die Märchenfrau fürchtete sich vor der lauten Knallerei des von den Menschen gemachten Feuerwerks.

Alle Waldbewohner hatten Angst in dieser Nacht, die das neue Jahr ankündigen sollte. Sie verkrochen sich so gut sie konnten.

Ein Märchen fiel der Märchenfrau ein, dass einen lärmenden Zauberer betraf und einen Lärmfresser, den sie sich für diese Nacht auch wünschte. Aber den gab es wohl nur im Märchen.

Dick verpackt kamen die Menschen in Dämmerung des Silvester-Tages noch einmal in den Wald, bevor das große Knallen begann. Und zu dieser Zeit erzählte die Märchenfrau ihnen das Märchen:

Das Märchen vom Ruheland und dem Lärmfresser

Es war einmal ein König, der herrschte schon lange Jahre über Ruheland.

Ruheland lag in der Nähe eines großen herrlichen Waldes, dem Ruhewald.

Als König war er von Mensch, Tier und kleinem Volk aus seinem Land auserwählt worden, weil er die feinste und sanfteste Stimme hatte.

Nie kam ein lautes Wort über seine Lippen.

Er bewegte sich vollkommen lautlos und geschmeidig.

Dasselbe galt für seine Königin, die sich nichts mehr ersehnte als vollkommene Stille.

So lebten die beiden ruhig und still und regierten ein Land mit ausgeglichenen leisen Bewohnern. Ob Mensch, Tier, Baum oder Pflanze – alle genossen dieses ruhige Leben mit Freude.

König und Königin hatten auch eine leise, ja fast stille Tochter. Außerdem war sie eine reine Schönheit.

Es begab sich nun zu der Zeit, dass ein Zauberer aus dem Nachbarland, des Königs stille Tochter begehrte.

Diese war jedoch so ruhig, dass sie das heftige Werben des Zauberers, als viel zu laut empfand.

Der Zauberer versuchte, sich ganz still zu verhalten und in dieser Ruhe seine Bitte zu flüstern.

Aber alles was er zur Antwort bekam, war ein leises „Psst!!"

Da wurde der Zauberer böse und fluchte:
„..euer Land soll vor Lärm umkommen. Ich schicke euch alle Lärmgeister der Welt. Ihr sollt nie mehr zur Ruhe kommen!"

Und er polterte von dannen.

Als die Königstochter sich langsam von ihrem Schreck über den lauten Abgang des Zauberers erholt hatte, ging sie zu ihren Eltern und erzählte ihnen von dem Fluch.

König und Königin waren darob sehr besorgt um die Zukunft des Ruhelandes. Was sollten sie tun? Wie konnten sie den bevorstehenden Lärm abwenden?

Es waren kaum zwei Tage vergangen, so vernahm man aus der Ferne ein drohendes Grollen.
Und dann kamen sie, laut und stetig über das Ruheland: die Lärmgeister!

Sie polterten, sie klopften, sie schrien, sie knallten, sie klapperten, sie schepperten, sie brummten, sie kreischten, sie ratterten, sie grölten und schnatterten.

Und so geschah es, dass alle Bewohner des Ruhelandes – ob Mensch, Tier, Baum oder Pflanze – nicht mehr zur Ruhe kamen.

Unruhig und verzweifelt liefen diejenigen die es konnten, ruhelos umher.

Bäume und Pflanzen zogen ihre Blätter ganz tief in sich hinein, um den Lärm etwas zu dämpfen.
Der Lärm war einfach nicht mehr zu ertragen.

Niemand konnte sich mehr konzentrieren: die Menschen nicht auf ihre Arbeit, die Tiere nicht mehr auf die Nahrungssuche und Bäume und Pflanzen nicht mehr auf das wachsen.

Ruheland und seine Bewohner verfielen immer mehr. Auch König, Königin und Königstochter liefen nur noch mit dicken Ohrenstöpseln herum.

Trotz all ihrer Bemühungen, war es aber auch für sie unmöglich etwas Ruhe zu finden.

„Oje," jammerte der König. „ Was soll ich nur tun?"

Und schon wieder musste er schnell die Ohren zuhalten, weil eine besonders laute Horde von Lärmgeistern vor dem Schloss randalierte.

Eines Tages sagte die Königin zum König:
„Geh aus! Versuche eine Lösung in unserem Ruhewald zu finden. Du weißt unsere Urahnen wohnen seit Jahrtausenden dort. Sie müssen uns helfen wieder zur Ruhe zu kommen."

„Ach, Frau", sagte der König, „das bedeutet viele Stunden Weg für mich, fast bis an die Grenzen des jetzt so lauten Ruhelandes. Aber du hast recht, ich sehe auch keine andere Möglichkeit."

So nahm der König zwei besonders große Ohrstöpsel und machte sich auf den Weg durch sein lautes Ruheland, in der Hoffnung im Ruhewald endlich Ruhe zu finden.

Erschöpft kam er nach drei Tagen bei den ersten Bäumen des Ruhewaldes an. Und er konnte es kaum glauben, sobald er die Grenze in den Ruhewald überschritten hatte, war es vollkommen ruhig um ihn herum.

„Ach, wie herrlich", dachte er und kostete die Stille gehörig aus.

Aber bald musste er an seine arme Familie denken und an seine Lärm geschädigten Bewohner des Ruhelandes und schweren Herzens setzte er seinen Weg durch den Wald fort.

Da traf er auf ein kleines Männlein, nur drei Finger hoch. Beinahe hätte er es übersehen, weil es so still und geduldig am Wegesrand saß.

Das kleine Männlein guckte ihn ganz versonnen an: „ Was ist mit Euch König? Ihr wirkt so bedrückt!", sprach es mit leiser feiner Stimme.

„Ach", stöhnte der König, „uns geht es so schlecht. Ich komme aus Ruheland und wir kommen gerade um vor Lärm, weil ein böser Zauberer uns verflucht hat."

„Ach, wenn es mehr nicht ist. Geht und sprecht mit dem Lärmfresser. Er wohnt auf der anderen Seite des Ruhewaldes. Soll ich Euch hin geleiten?", bemühte sich das Männlein.

Der König war sehr erstaunt, denn er hatte noch nie von einem Lärmfresser gehört.
Aber hatte er eine andere Wahl?
Er willigte ein und machte sich mit dem Männlein auf den Weg.

Sie liefen einen Tag und eine Nacht, bis sie an einer dunklen Felsenhöhle angekommen waren.
Zögerlich folgte der König dem Männlein in die Höhle.

Das Männlein blieb auf dem ersten größeren Stein, in einem Seiten-Eingang der Höhle stehen und rief laut: „ Lärmfresser, du kannst deinen Bauch wieder füllen. Komm steh auf, du musst noch heute ins Ruheland reisen. Der König ist hier und hat jede Menge Lärm für dich in seinem Land."
Der König musste die Augen zusammen kneifen, um in der dunklen Höhle etwas wahrzunehmen. Aber jetzt sah er deutlich einen langen schwarzen Schatten aus einer Ecke im Inneren der Höhle hervor quellen.

Dem König verschlug es sofort die Sprache, die Worte, die er formen wollte kamen nur ganz kurz über seine Lippen, sofort waren sie verschluckt.
Das Männlein streckte seine Händchen aus und streichelte den schwarzen Schatten ganz leise. Auch seine Worte erstarben auf seinen Lippen.

Sacht zog das Männlein den König am Rockzipfel aus der Höhle heraus und sagte:

„Wir müssen uns etwas entfernen, damit Ihr mich versteht. Er schluckt alle Töne", er zeigte in die Höhle zum Lärmfresser. „ Deswegen wohnt er in dieser Höhle.

Aber er ist gutmütig. Malt ihm einfach den Weg in Euer Ruheland hier vor der Höhle in den Sand und er wird Euch mit einigem Abstand dorthin folgen.
Bei Euch angekommen wird er Euren ganzen scheußlichen Lärm fressen."

„ Ach", sagte der König," vielen Dank für deine Hilfe liebes Männlein. Ich hatte gar nicht mehr damit gerechnet, wieder in Ruhe glücklich zu sein."

„Es gibt nur einen Haken", sprach das Männlein. „ Ihr müsst ihn, nachdem er den lautesten Lärm in Eurem Land gefressen hat, irgendwo unterbringen, wo er nicht alle Töne und Laute sofort schlucken kann. Selbst die schönsten und die leisesten."

„ Da will ich mir etwas einfallen lassen", erwiderte der König.

„Ich will ihm im tiefen Keller des Schlosses ein schöne heimelige Höhle schaffen, wo er sich wohlfühlt. Wenn immer laute und unruhige Gäste zu uns kommen, rufe ich ihn, damit er sich gut an den

schlimmen Lauten und Reden labt. Und wir , meine Familie und alle Bewohner von Ruheland, haben dann unsere Ruhe."

„Ja", sagte das Männlein, „ hier im Wald ist es ganz oft viel zu ruhig für ihn. So hat er oft die schönen Vogelstimmen verschluckt, um satt zu werden.

Wenn Ihr ihn mitnehmt, dann bekommt er bestimmt viel regelmäßiger richtig lauten Lärm zu fressen und er wir satt.
Und wir können unsere geliebten leisen Waldgeräusche wieder uneingeschränkt genießen."

So verabschiedete der König von dem hilfreichen Männlein und begab sich auf den Rückweg zum Ruheland. König und Lärmfresser gingen ruhig und still hinter einander her.

Der Lärmfresser freute sich insgeheim schon mächtig auf das angekündigte reichhaltige Lärm-Fressen im Ruheland und der König lächelte, in Gedanken an die Ruhe danach.

Beide waren zufrieden.
Und es geschah so, wie der König es beschrieben hatte. Der Lärm der Lärmgeister verstummte, denn der Lärmfresser fraß alles auf. Bald verließen die Lärmgeister frustriert das Ruheland.

Der Lärmfresser erhielt eine gemütliche Höhle als Heim im Keller des Schlosses.
Sobald lauter Besuch ins Land oder gar ins Schloss kam, war er zur Stelle und verschluckte alles, was er geboten bekam.

Und so geschah es auch, dass der laute Zauberer immer wieder ins Schloss kommen wollte. Aber schon an der Eingangstür zum Schlosshof wurde er jedes Mal aufgehalten und erfuhr, dass die stille Prinzessin sein Werben immer wieder abwies.

Und jedes Mal wollte er dann das Ruheland aufs neue verfluchen, denn er war ein hartnäckiger Zauberer, der niemals aufgeben wollte.

Da die Flüche des Zauberers aber immer wieder nur Lärm hervorbrachten, hatte der Lärmfresser immer seine geregelten Mahlzeiten und das Ruheland seine Ruh.

Die Märchenfrau

Die Märchenfrau musste schmunzeln, wenn sie an den hartnäckigen Zauberer dachte. Wie harmlos war dieser angesichts der Silvester-Knallerei die bevorstand.

Die Menschen, die ihr zugehört hatten standen ganz nachdenklich im noch stillen Wald. Sie fragten sich insgeheim: Ist dieser Lärm an Silvester überhaupt notwendig? Warum wird das getan?

Aber es kam wie immer. Die Märchenfrau verkroch sich mit den Tieren im Wald. Alle hielten sich so gut es ging die Ohren zu. Die Bäume schlossen sich fest in ihre Rinde ein. Andere Pflanzen zogen sich zurück in ihre Wurzeln.

Und dann war es auch wieder vorüber und das neue Jahr wurde eingeläutet.
Für die Märchenfrau war das alte Jahr aber noch gar nicht zu Ende. Nach altem Brauch befand sie sich in der Zeit zwischen den Jahren, den magischen Rauhnächten, in denen die Zeit still steht.

Die Rauhnächte begannen am 26. Dezember und dauerten bis zum 6. Januar des Folgejahres.

Es waren genau 12 Rauhnächte und -tage, deren Magie die ganze Natur und mit ihr allen dafür aufgeschlossenen Menschen Zeit gab über sich selbst nachzudenken.

Sie führten Rauhnacht-Tagebücher, um den unterschiedlichen Wirkungen der einzelnen Tage bewusst in sich selbst hinein nachzuspüren.
Das ging am besten durch viele Stunden im Wald, in magischer Atmosphäre. Es wurden Feuer entzündet, um Wunschzettel für die Zukunft zu verbrennen.
Lieder und Tänze in der Natur förderten gemeinsame magische Erlebnisse, die wegweisend wurden für die ersten und weiteren Schritte ins neue Lebensjahr.

Und es war die Zeit der dünnen Vorhänge in die Anderswelt und Feen und Elfen kamen den Menschen, die dafür offen waren, immer näher. Und diesen erzählte die Märchenfrau im Wald ihre letzte Jahreskreisgeschichte:

Der Winterwald im Januar
und das Ende der Rauhnacht-Tage

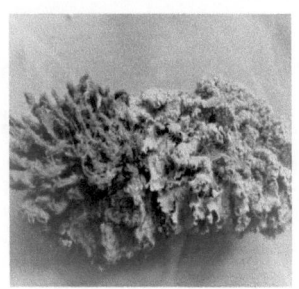

Das Märchen von der Elfen- und Feen-Magie und von ihren Hölzern

Schon in alter Zeit hatten die Elfen und Feen des Waldes Spaß daran, gerade in den letzten Wintermonaten, in denen oft der Frost seine kalten Eisfinger über das Land hält, kleine Hölzer von Rinden und Holzstückchen, die von Bäumen auf den Waldboden gefallen sind, magisch zu bearbeiten.

Leblos wie dieses Holz war, liebten sie es, einfach wieder Leben in diese Hölzchen hinein zu zaubern.
Und was konnte dazu besser sein, als ihr heiß geliebtes Moos, die Kuscheldecke ihres magischen Reiches, von der Zwergenwelt wohl behütet.

Und wie stellten die Elfen und Feen das an!!!

Sie traten vor die Zwerge und fragten nach „kleinen Moos-Kissen" , damit sie ihre Köpfchen in der Kälte besser schützen konnten.

Die Zwerge waren erst mürrisch! „Was soll das mit den extra-Wünschen," brummten sie. „Ihr habt doch alle eine Moos-Ration für den Winter bekommen!" –

„Aber dieses Mal dauert der Winter so lange und…..", die Zwerge unterbrachen das kleine Feen-Kind, das jetzt sprach.

„Papperlapapp, Winter ist eben Winter und da gibt es kein dieses Mal!"

Jetzt traten die Feen-Königin und der Elfenkönig des Waldes gemeinsam vor.
„Liebe Zwerge, wir wissen, dass ihr gut auf unser Waldmoos aufpassen müsst, denn es hält das Wasser im Boden. Aber wir bitten euch ja nur um ein ganz kleines Bisschen. Wir vermehren es dann mit unserer Feen-Magie.

Um ehrlich zu sein, es ist für die Menschen, die diesen Wald lieben. Wir brauchen sie und gerade sie, denn sie geben uns Kraft, weil sie an uns glauben".

Die Zwerge waren ob dieser langen Rede ganz still geworden.

„Nun ja," sagte plötzlich einer von ihnen, „ ich habe auch schon kleine Menschen gesehen, die auf meine Zwergen-Burg kleine Geschenke ins Moos gelegt haben."

„Ja stimmt," sagte ein anderer,"kleine bunte Steine und Kastanien, die es im Wald nicht gibt!!! Das war schön!"

Aber die Feen und Elfen hörten auch Skepsis.
„Und wie wollt ihr das machen, dass auch die richtigen Menschen euer magisches Moos finden???"

„Nun", sprach die Feen-Königin, „wir befestigen es auf kleinen Holzteilchen – Ästchen, Rinden-Stückchen u.s.w. – und legen es nur in Sichtweite der Menschen, die an uns glauben und uns Gutes wollen.

Wenn sie es aufnehmen und mit nach Hause nehmen, merken sie bald, dass es magische Hölzchen sind, denn das Moos bleibt lange Zeit grün und frisch.

Bis zum nächsten Frühling sollen sie es verwahren – bis zu dem 1. Mai-Feiertag.

Dann sollen sie es verräuchern und der magische Duft beschert ihnen einen glücklichen und unbeschwerten Sommer."
Die Zwerge waren ganz beeindruckt von den Plänen, die so gut ausgedacht waren, wie ihre eignen.

Dafür war das Feen- und Elfenvolk so gar nicht bekannt.

Und so willigten sie ein und so werden in den letzten Wintermonaten bis zur heutigen Zeit, von den Waldelfen und -feen magische Hölzer gefertigt.

Manchmal sind sie nicht nur mit Moos sondern auch mit Flechten verziert – aber immer werden sie mit viel Liebe vor die Füße der wohlwollenden Menschen gelegt, die sich daran erfreuen sollen.

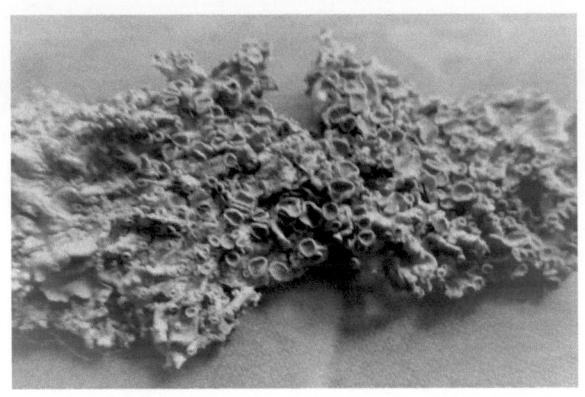

Die Märchenfrau

So schloss die Märchenfrau ihre märchenhafte Jahreskreis-Wanderung ab und freute sich darauf dass im Februar das Jahresrad wieder erneut zu drehen begann.

Bis dahin hatten Bäume , Kräuter und kleines Volk wie Feen, Elfen und Zwerge in ihrem Wald ihr wieder viele schöne Geschichten erzählt, die sie mit den Menschen teilen konnte. Und sie hoffte auf eine immer größere Zuhörerschaft!

ÜBER MICH

Mein Name ist Petra Reif und ich lebe in der Indutrie-Region Duisburg, mitten im Ruhrgebiet. Der wenige Wald dort hat eine besondere Magie und er ist mein zu Hause. Ich führe dort Kräuterkurse durch und biete Waldgänge an, bei denen ich auch meine Märchen erzähle. Seit über 10 Jahren führe ich die Menschen nun schon in den Wald und bringe ihnen seine Geheimnisse und Wunder näher.
Dieses WALD-MÄRCHEN Buch ist meine zweite Veröffent-lichung. Im letzten Jahr erschienen ist mein Rauhnacht-Tagebuch zum Selbst-Ausfüllen. Weiteres folgt!!
Besuchen Sie mich auf meiner Website: www.waldheilung.de

Mein Zauberbaum